Die drei !!!

Die drei !!!

Paradies in Not

Ann-Katrin Heger, Kirsten Vogel

Mit Illustrationen von Ina Biber
und Karin Helmreich

KOSMOS

Umschlagillustration, Artwork und Illustrationen der »Die drei !!!«-Charaktere von Ina Biber, Gilching
Illustrationen der Bastelanleitungen von Karin Helmreich, Weinstadt
Fotos von Michael Ruder – Lichtpunkt, Stuttgart

FSC
www.fsc.org
MIX
Papier aus verantwortungsvollen Quellen
FSC® C043106

Gedruckt auf chlorfrei gebleichtem Papier

ISBN 978-3-440-17077-9
Redaktion: Franziska Latoska
Produktion: Verena Schmynec
Satz: Walter Typografie & Grafik GmbH
Druck und Bindung: Grafisches Centrum Cuno, Calbe
Printed in Germany / Imprimé en Allemagne

Die drei !!!

Paradies in Not

Eine Übersicht über alle DIY-Anleitungen
findest du auf Seite 181.

1, 2, 3 – Basteln!

Paradiesische Ferien erwarten Kim, Franzi und Marie. Nach einer mehrstündigen Zugfahrt landen die Detektivinnen im *Paradies,* einer Wohngemeinschaft in einer Kleinstadt direkt am Meer. Die Bewohner leben im Einklang mit der Natur. Sie versorgen sich selbst, indem sie Obst und Gemüse anbauen. Alle weiteren Kosten decken sie mit den Einnahmen des Restaurants *Grünkohl,* das sich auf dem Gelände befindet, und dem Verkauf des selbst angebauten Gemüses in ihrem Hofladen.
Die Freundinnen besuchen Franzis Schwester Chrissie, die in den Ferien im *Paradies* lebt und arbeitet. Eigentlich wollen sie nur ein bisschen helfen und die Zeit genießen, doch dann geraten sie mitten in einen neuen Fall ...
Während die drei !!! sofort mit ihren Ermittlungen beginnen und auf Spurensuche gehen, kannst du ebenfalls aktiv werden und schöne Geschenke und andere nützliche Dinge für dich und deine Freundinnen und Freunde basteln, backen und bauen. Dabei dreht sich alles um die Themen Upcycling, Recycling, Verpackungen sparen und Umweltschutz.
Damit die Erde gesund bleibt, müssen wir sie gemeinsam sauber halten. Darum findest du in diesem Buch Bastel-Ideen für Dinge, die du früher vielleicht in den Müll geworfen hättest oder an denen du einfach vorbeigegangen wärst.
Was du für die einzelnen Projekte brauchst, erfährst du in den Anleitungen am Ende des jeweiligen Kapitels.

Du solltest folgende Dinge zu Hause haben:

- flüssigen Bastelkleber
- Papier
- Stifte, Schere, Geodreieck

Zusätzlich werden für einige Anleitungen noch benötigt:

- ein leerer Schuhkarton
- Acryl-Stifte aus dem Bastelgeschäft
- ätherische Öle
- Bienenwachsperlen
- Wellpappe

Den Rest der Materialien findest du in der Natur, im Haushalt oder im Supermarkt.

WICHTIG: Bei einigen Schritten solltest du einen Erwachsenen um Hilfe bitten. Zum Beispiel beim Backen des Kuchens oder beim Schmelzen von Wachs. Frage bitte immer deine Eltern, bevor du Dinge zerschneidest oder anmalst.

Der »Türstl«-Klau

Franzi blickte entsetzt in die Picknicktasche. »Weg!«, rief sie. »Ratzeputz. Kim, echt, wenn du so einen Hunger hattest, hättest du uns wenigstens Bescheid geben können. Alles alleine aufzuessen, ist nicht gerade nett!«

Kim runzelte die Stirn. »Ich weiß überhaupt nicht, was du meinst. Ich habe den Korb nicht angerührt. Vielleicht solltest du lieber mal Marie verdächtigen. Guck dir mal ihren Schokomund an.« Kim grinste zu Marie, die gerade aufgewacht war. Sie gähnte und streckte sich ausgiebig und blickte verschlafen aus dem Zugfenster. »Was ist los?«

»Die Türstl sind weg. Alle, die Niko uns mitgegeben hat. Und das waren nicht wenige.« Franzi seufzte.

Kim, Marie und Franzi saßen seit zwei Stunden im Zug nach Hochdeich. Chrissie, Franzis Schwester, verbrachte den Sommer dort im *Paradies*, einer Wohn- und Arbeitsgemeinschaft, die sich zum Ziel gesetzt hatte, im Einklang mit der Natur zu leben. Svea, die das *Paradies* gegründet hatte, war von Chrissies Einsatz bei den *Friends for Future*, der Jugendbewegung zum Klimaschutz, so begeistert gewesen, dass sie sie spontan zu einem längeren Aufenthalt eingeladen hatte. Und Chrissie hatte sofort zugesagt. Zum Dank, dass Franzi, Kim und Marie während ihrer Abwesenheit die Treffen der *Friends* weiter organisiert hatten, hatte sie den drei !!! Zugfahrkarten nach Hochdeich geschickt. Der Ort, an dem sich das *Paradies* befand.

Niko, Chrissies Freund, hatte ihnen am Bahnsteig einen dicken Brief für Chrissie und einen Fresskorb mit leckeren Broten und Türstln, kleinen knackigen Tofuwürstchen, mitgegeben.

Marie klappte ihren Taschenspiegel auf, wischte sich die Schokospuren aus dem Mundwinkel und erneuerte den Balsam auf ihren Lippen. »Ich bin total unschuldig. Einzig ein winziger Schokoriegel ist mir vorhin zum Opfer gefallen«, sagte sie.
»Ich verstehe das nicht«, meinte Franzi. »Der Korb stand die ganze Zeit unter unserem Tisch. Wenn es keine von uns war, wer war es dann?«
Kim grinste. »Was erwartest du? Wir sind Detektivinnen. Ist doch klar, dass wir selbst auf dem Weg ins *Paradies* einen Fall lösen müssen.«
»Aber warum einen, in dem es um Leben und Tod geht? Es ist schrecklich. Ich sterbe, wenn ich nicht ganz schnell etwas zu essen bekomme.« Franzi klopfte sich auf den Bauch.
»Ja, ich gebe zu, auch mir fällt das logische Denken schwer, wenn ich Hunger habe.« Kim kramte in ihrem Rucksack und zog ihr Detektivheft heraus. »Wie gut, dass es Dinge gibt, über die ich gar nicht mehr nachdenken muss. Wie die wohltuende Hilfe einer Liste.« Sie zückte einen Bleistift und sah Franzi und Marie erwartungsvoll an. »Verdächtige?«
»Äh, keine Ahnung«, meinte Franzi.
»Alle in diesem Zug?«, fragte Marie.
»Mädels, so kommen wir nicht weiter.« Kim legte den Kopf in die Hände und starrte auf das karierte Papier.
Franzi lehnte sich an das Kissen des Sitzes und lauschte dem Ratatatatata der Schienen. Sie freute sich auf den Ausflug an die Nordsee. Ein bisschen Meeresluft schnuppern, mit Kim und Marie Zeit verbringen und den Alltag hinter sich lassen. Die Aktionen mit *Friends for Future* waren zwar sehr aufregend und spannend gewesen – Franzi hatte sehr viel über die Zusammenhänge zwischen Klima, Umweltschutz und eigenem Verhalten gelernt – aber in der Schule war auch Endspurt vor den Zeugnissen gewesen. Manchmal hatte sie

gar nicht gewusst, was nun wichtiger war: Englisch-Vokabeln oder die neue Klimademo. Schließlich hatte sie doch beides unter einen Hut bekommen; um den Preis, dass sie nun ziemlich müde und erholungsbedürftig war. Chrissies Einladung war also zum perfekten Zeitpunkt gekommen!

Krrchknack! Was war denn das? Das klang ja merkwürdig. Franzi stupste Marie an, die neben ihr saß. »Hörst du das?«

Marie horchte auf. »Klingt wie der schmatzende Igel aus unserem Garten«, meinte sie.

Kim legte den Stift zur Seite. »Dass es hier einen Igel gibt, kann ich mir zwar nicht vorstellen, aber das Schmatzen interessiert mich – aus rein detektivischer Sicht!«

Die drei standen auf. Das Abteil war beinahe leer. Zwei Viererreihen weiter vorne saß ein junger Mann mit Baseballkappe und großen Kopfhörern auf den Ohren. Er wippte zu einem Beat, den nur er hören konnte. Vor sich hatte er eine Tüte Chips, die raschelte, wenn er sich eine Handvoll daraus nahm. »Das ist nicht das Geräusch von vorhin«, sagte Marie. »Es knackt auch, aber es knackt anders. Wisst ihr, was ich meine?«

Franzi nickte. Marie hatte recht. Das, was sie gehört hatte, war kein feines Raschel-Knacken, sondern klang eher so, als bisse jemand in einen Apfel oder eine Karotte.

Vor der Glastür, die ins nächste Abteil führte, spielte ein älteres Ehepaar Karten. Sie schienen ganz vertieft zu sein, denn sie schenkten dem kleinen Jungen, der neben ihnen auf dem Sitz herumturnte, keine Beachtung. Als er die drei !!! sah, kletterte er auf die Stuhllehne und rief: »Hände hoch! Peng! Peng! Hier spricht die Polizei! Keinen Schritt weiter!« Dabei wedelte er mit etwas in der Luft herum, das Franzi ganz verdächtig nach einem angebissenen Würstchen aussah. Und nicht nach irgendeinem. Sondern nach einem ihrer leckeren Türstl!

»Joschi, geh vom Sitz runter«, mahnte ihn die ältere Dame, ohne den Blick von den Karten in ihrer Hand zu heben. »Und lass die anderen Gäste in Ruhe.«

»Die anderen Gäste wollen gar keine Ruhe, sie würden Ihren Joschi gerne befragen, ob er ihnen die Tofu-Würste aus der Tasche geklaut hat«, erklärte Franzi streng.

Endlich blickten die beiden Kartenspieler auf. »Nein, das hat mein Enkel ganz sicher nicht«, meinte der ältere Herr, offenbar der Opa von Joschi. »Wir haben selbst Würstchen und Brot dabei. Joschi kann sich einfach bedienen.«

Franzi blickte auf die Plastikbox neben dem Jungen. »Aber die ist ja noch randvoll!«, entgegnete sie. »Und sehen Sie mal!« Sie deutete auf ein buntes Stück Stoff, das auf Joschis Sitz lag. »In dieses Bienenwachstuch waren unsere Türstl eingeschlagen. Das ist ja wohl der Beweis, dass er unseren Korb geplündert hat.«

Joschis Oma nahm das Bienenwachstuch mit spitzen Fingern vom Sitz und hielt es nach oben. »Das gehört uns tatsächlich nicht. Was soll das überhaupt sein?« Bevor Franzi antworten konnte, fragte sie ihren Enkel mit scharfer Stimme: »Joschi, hast du den drei netten Mädchen die Würstchen gestohlen?«

Joschi legte den Kopf schief und nickte schuldbewusst. »Bitte nicht böse sein, Oma. Das sind Türstl.« Joschi hielt die Tofu-Wurst wieder nach oben, biss knackend ab, kaute und schluckte. »Die liebe ich. Mama kauft die immer, weil die nicht pupsen.«

»Wie bitte?« Die ältere Frau seufzte und ließ sich in den Sitz sinken. »Und da klaust du die einfach? Ich fasse es nicht. Entschuldigt bitte! Und was soll das überhaupt heißen? Meine Würstchen pupsen doch nicht!«, sagte sie empört.

»Doch, das tun sie eben schon«, quiekte Joschi. »Die pupsen und pupsen und pupsen!«

Franzi, Kim und Marie grinsten sich an.

»Ich glaube, Ihr Enkel möchte damit sagen, dass Tofu-Würstchen besser fürs Klima sind«, erklärte Marie. »Weil für normale Würste viele Tiere gehalten werden müssen, die das Gas Methan pupsen.«
»Und das nicht zu knapp«, fügte Franzi hinzu.
»Und das Methan ist mitverantwortlich, dass sich die Erde erwärmt und das Klima sich verändert«, erläuterte Marie weiter.
»Das wusste ich gar nicht. Und schmecken diese Türstl denn?«, fragte der Großvater.
Joschi hielt ihm sein angebissenes unter die Nase. »Die sind echt lecker. Probier mal!«
Der ältere Herr biss hinein, nickte und sagte: »Traudl, der Junge hat recht. Die schmecken sehr gut!«
»Und die sind in Stoff verpackt?« Traudl war offensichtlich noch nicht ganz überzeugt.
»Nein«, sagte Franzi. »Das hier ist unsere immer wieder verwendbare Superverpackung. Funktioniert wie Frischhaltefolie.«
Joschis Oma sah plötzlich viel entspannter aus und lachte. »Setzt euch doch auf die Plätze nebenan«, bat sie. »Ich würde mich freuen, wenn ihr mir das alles genauer erklärt.« Sie nahm eine Stofftasche und holte Gurken, Tomaten, Karotten und einen Topf Kräuterquark heraus und stellte alles auf den Tisch. »Vielleicht kann ich euch mit Quarkgemüse für die gestohlenen Türstl entschädigen. Ihr habt doch sicher Hunger?«
»Wie die Wölfe«, antwortete Franzi. »Das Angebot nehmen wir gerne an!«
Kim ging zu ihrem Platz zurück und kam mit Nikos Fresskorb zurück. »Wir können unseren Rest auch noch beisteuern«, sagte sie und packte aus. »Frische Zitronenlimonade, fermentierter Nusskäse und jede Menge selbst geerntete Kirschen.«
»Yippie«, rief Joschi und steckte sich eine dicke Kirsche in den Mund. »Hier kommt wieder die Polizei! Alles ist beschlagnahmt!«

Franzi war erleichtert, als sie nach weiteren zwei Stunden Hochdeich an der Nordsee erreichten. Traudl und Gerhard – Joschis Großeltern – hatten immer mehr wissen wollen: Warum pflanzliche Nahrung gut fürs Klima war, was es mit den Klimademos auf sich hatte und wie man Bienenwachstücher selbst herstellte. Kim war sofort in ihrem Element und hatten den beiden alles genau erklärt.
Franzi liebte es normalerweise, sich über dieses Thema zu unterhalten, aber jetzt freute sie sich auf ihre Schwester, sich am Meer den Wind um die Nase wehen zu lassen und auf den gemütlichen Bauwagen, den Chrissie ihnen als Unterkunft versprochen hatte und der sehr vielversprechend *Erdbeere* hieß.

»Franzi! Huhu!« Chrissie stand am Bahnsteig und wedelte mit einer bunten Fahne, auf der ein Baum abgebildet war, über den sich ein Regenbogen spannte.
Franzi strahlte. Zu Hause zoffte sie sich des Öfteren mit Chrissie. Jetzt freute sie sich einfach, sie zu sehen.
»Cool, dass du uns abholst!« Franzi schulterte ihren Rucksack und kletterte die steilen Stufen aus dem Waggon. Sie fiel ihrer Schwester um den Hals und steckte ihr den Brief von Niko heimlich in den Rucksack. Den konnte sie später dann in Ruhe lesen.
Kim und Marie begrüßten Chrissie ebenfalls.
»Schön, dass ihr da seid«, meinte Chrissie. »Willkommen im *Paradies*! Svea hat euch heute Morgen Räder an den Parkplatz gekettet. Dann sind wir in ein paar Minuten da.«

Der kleine Bahnhof von Hochdeich lag am Rande der Stadt. Chrissie führte die drei !!! an einem Kiosk vorbei, der Zeitschriften, Süßigkeiten und Kaffee verkaufte. Zu ihrer Linken konnten sie die ersten Häuser der Stadt sehen, zu ihrer Rechten begannen die Salzwiesen und Deiche, auf denen Schafe friedlich Gras mümmelten. Am

Horizont konnte Franzi das Meer sehen. Und vor allem riechen. Sie atmete kräftig ein. Der Duft war unverwechselbar: salzig, ein wenig modrig, fischig und vor allem frisch.

»Ich will unbedingt heute noch mal ans Meer«, sagte Marie und sprach damit Franzis nächsten Gedanken aus.

»Das ist überhaupt kein Problem«, meinte Chrissie. »Mit dem Fahrrad braucht ihr nur zehn Minuten.« Sie verstummte und suchte mit den Augen nervös den leeren Parkplatz, der von Dünen umsäumt war, ab. »Sie müssten hier drüben bei dieser Stange sein«, murmelte sie. »Aber da ist nichts!« Schnell rannte sie hinter den Wall, war aber nach einem Augenblick wieder zurück. »Auch nichts«, meinte sie. Verzweifelt stemmte sie die Hände in die Hüften.

»Warum sollte Svea die Fahrräder auch in die Düne stellen?«, überlegte Marie. »Das ergibt keinen Sinn. Ich befürchte, wir müssen den Tatsachen ins Auge sehen: Die Fahrräder wurden gestohlen!«

DU BRAUCHST …

- Bienenwachs als Tropfen oder Granulat (aus der Drogerie oder Apotheke) oder Reste von Bienenwachskerzen. Für ein großes Tuch (40 × 40 cm) brauchst du ca. 4–5 EL Bienenwachsperlen. Für ein kleineres Tuch (25 × 25 cm) ca. 3 EL
- Pflanzenöl
- Silikonpinsel
- frisch gewaschene Stoffreste aus Baumwolle
- 2 Bogen Backpapier
- Bügeleisen

SCHWIERIGKEITSGRAD:

- hoch

Wachstücher »Flotte Biene«

Kim, Franzi und Marie picknicken gerne. In unterschiedlich großen Bienenwachstüchern sind ihre belegten Brote, Gemüsesticks und auch Kuchen gut geschützt. Durch die Handwärme bleibt das Tuch in der Form, in die du es drückst. Außerdem ist es fett- und wasserdicht.

1 Schmilz das Bienenwachs in einem Wasserbad. Dafür füllst du einen Topf zur Hälfte mit Wasser und erwärmst es. In diesen Topf stellst du eine passende Metallschale oder einen kleineren Topf. Achte darauf, dass das obere Gefäß auf dem Wasser »schwimmt« und kein Wasser hineingelangt. In das obere Gefäß füllst du das Wachs. Durch den Wasserdampf unter dem Gefäß schmilzt das Wachs. Lass dir hierbei von einem Erwachsenen helfen.

2 Gib ein paar Tropfen Pflanzenöl in das geschmolzene Wachs und rühre mit dem Pinsel um.

3 Breite die Stoffstücke auf Backpapier aus und streiche das flüssige Bienenwachs darauf. Das Wachs trocknet schnell und klumpt ein wenig. Keine Sorge!

Kims Tipp

Du kannst alles in dein Bienenwachstuch einschlagen außer rohen Fisch und rohes Fleisch! Reinige das Tuch nach dem Gebrauch mit warmem (nicht heißem!) Wasser und ein wenig Spülmittel. Du kannst es jederzeit »nachwachsen«, falls sich die Wachsschicht mit der Zeit zu dünn anfühlen sollte. Mit Carnaubawachs (aus der Apotheke oder aus dem Internet) stellst du vegane Tücher her.

4 Hast du alles bedeckt, kommt das Bügeleisen zum Einsatz: Decke das Tuch mit einem zweiten Backpapierbogen zu, lege alles auf eine bügelfeste Unterlage und bügele auf dem oberen Backpapier, bis das Wachs gleichmäßig verteilt ist.

5 Lasse das Tuch kalt werden. Nun kannst du es gut in Form schneiden. Besonders schön wird der Rand mit einer Zacken- oder Wellenschere.

Paradiesische Zustände

»Nun mal langsam«, meinte Franzi. »Ich sehe hier noch keinen neuen Fall. Die Räder stehen bestimmt irgendwo anders. Vielleicht war heute Morgen alles voll hier.«
Kim nickte. »Wir suchen noch einmal alles ab. Auch beim Bahnhofsgebäude. Keine Panik, die finden wir schon. Das ist schließlich nicht der erste Diebstahl heute!« Sie zwinkerte Franzi und Marie zu, die sich ihr anschlossen.
In den nächsten zehn Minuten suchten sie jeden Winkel ab, doch die Räder blieben verschwunden.
»Ich werde das der Polizei melden«, meinte Chrissie. »Mit den Rädern liefern wir unser Obst und Gemüse aus. Wir brauchen sie dringend.«
»Jetzt warte mal ab«, meinte Franzi. Chrissie tat ihr leid. »Du hast dir die besten Detektivinnen eingeladen. Vielleicht tauchen die Räder schneller wieder auf, als du denkst.«
»Pff«, machte Kim. »So schnell allerdings, dass uns der Fußweg erspart bleibt, werden auch wir sie nicht finden. Los geht's!«
Im Gänsemarsch liefen sie die schmale Straße in Richtung Hochdeich. Während der gesamten Strecke kamen ihnen genau drei Autos entgegen. Dafür mähten und bähten die Schafe unaufhörlich am Wegesrand. Ein kleines schwarzes Lamm lief ein ganzes Stück neben ihnen her. Besser gesagt neben Franzi.
»Wo Franzi ist, sind auch die Tiere der ganzen Umgebung«, scherzte Marie. »Wie machst du das nur?«
»Du bist doch nur eifersüchtig, weil du nicht mit einem Lämmchen Gassi gehen kannst«, antwortete Franzi. »Ich mag Tiere einfach und ich glaube, die spüren meine Liebe.«

»Die Frage ist allerdings, ob Franzi mit dem Lämmchen Gassi geht oder eher umgekehrt«, kicherte Kim.
»Franzi und die Tiere waren schon immer ein Dream-Team«, erzählte Chrissie lachend. »Ich erinnere mich noch, als Franzi klein war. Da hat Papa sie mit in die Tierarztpraxis genommen, wenn ein Tier besonders viel Angst hatte. Bei den allermeisten hat es wirklich funktioniert. Sie wurden viel ruhiger, wenn Franzi dabei war und mit ihnen sprach. Und das ist heute immer noch so. Ich sage nur: Polly, Tinka und Matilda.«
Franzi und Chrissie waren auf einem Bauernhof etwas außerhalb der Stadt aufgewachsen. Ihr Vater, der auf dem Hof eine Tierarztpraxis leitete, hatte viele Tiere gesund gepflegt und manchen anschließend ein Zuhause auf dem Winkler-Hof gegeben. Franzi liebte Tiere: besonders ihre Rappstute Tinka und das Huhn Polly. Vor Kurzem war noch Eule Matilda dazugekommen, die Franzi verletzt gefunden hatte.

Nach einer halben Stunde Fußmarsch hatten sie es geschafft. Die Öko-Gemeinschaft *Paradies* lag am Rande der kleinen Stadt. Eine Seite war von einem Wäldchen gesäumt, auf den anderen Seiten standen Mehrfamilienhäuser und eine kleine Fabrik. Dass es sich um eine Fabrik handelte, erkannten die Mädchen aufgrund des großen Schlotes und des angebrachten Logos *Green Look – Ökomode für dich*.
Franzi wunderte sich. »Wie passt das denn zusammen?«, fragte sie Chrissie. »Die Gemeinschaft versucht möglichst ökologisch zu leben und nebenan bläst eine Fabrik Gift in die Luft?« Sie runzelte die Stirn.
»Ich habe mich auch zuerst gewundert«, gab Chrissie zu. »Aber *Green Look* ist in ökologischer Hinsicht eine Vorzeigefirma. Sie benutzen nur zertifizierte Materialien und schadstofffreie Farben aus Pflanzen. Die Klamotten, die sie herstellen, sind echt der Wahnsinn.«

Sie zeigte auf das weite gelb-blaue Ringelshirt, das sie trug. »Fühlt mal, das ist auch von *Green Look*. Trägt sich toll und die Qualität ist der Hammer«, schwärmte sie weiter. »Aber lasst uns doch erst mal ins *Paradies* gehen. Dann kann ich euch Svea vorstellen. Die kann eure Fragen viel besser beantworten.« Dann schien ihr die Sache mit den Fahrrädern wieder einzufallen. »Und ich kann ihr den Diebstahl beichten.«

Kim zog Franzi und Marie zu sich. »Diese Svea muss ein ziemliches Ungeheuer sein. Chrissie scheint richtig Angst vor ihr zu haben, findet ihr nicht auch?«

Sie folgten Chrissie durch einen Torbogen aus Holz, der über und über mit Blumen bemalt war. Die höchste Stelle war mit einem Mosaik aus Muscheln, Hölzern und weiterem Strandgut verziert, in der Mitte des Mosaiks war *Öko-Gemeinschaft Paradies* zu lesen.

»Ich glaube, hier werde ich mich wohlfühlen«, sagte Kim und betrat als Erste das Gelände.

»Ich bin mir noch nicht so sicher«, flüsterte Marie. »Ich mag Ringelshirts auch, aber ich finde sie enger besser.«

Franzi hakte Marie unter und ging mit ihr durch den Torbogen. »Niemand zwingt dich, *Green Look*-Ringelshirts zu tragen.«

Marie nickte beruhigt. »Genau. Bestimmt haben die auch superschicke Sachen für mich!«

»Hi, da seid ihr ja endlich!« Ein etwa dreizehnjähriger Junge stand neben dem Eingangstor und zog sein Baseballkäppi tiefer über die Augen. »Meine Mutter hat gesagt, ihr kommt mit dem 14-Uhr-Zug an.«

Chrissie stieg von einem Bein auf das andere. »Jonas, es ist etwas Furchtbares passiert. Die Lieferräder wurden gestohlen!«, berichtete sie.

Jonas winkte ab. »Um die ist es nicht schade. Das waren lahme Enten.« Er ging auf die drei !!! zu und streckte die Hand aus. »Ich bin Jonas, Sveas Sohn. Und ihr seid der frische Wind aus der Großstadt?

Was geht so ab in der Stadt? Ich versauere nämlich hier inmitten von Bergen an Biogemüse und Sinnsprüchen, die einem sagen, was im Leben so *richtig* wichtig ist.« Er hielt sich die Hand vor den Mund und zwinkerte ihnen zu. »Oder seid ihr auch von der Fraktion? Denn dann sage ich lieber nichts mehr.«

»Das findest du am besten selbst heraus«, meinte Franzi und grinste. »Wenn du magst, können wir später ja mal ne Runde ›Falafel-Ball‹ spielen.«

»Keine Ahnung, was das ist, aber du kannst es mir ja zeigen«, sagte Jonas neugierig. Offensichtlich hatte er beschlossen, dass er Franzi leiden konnte.

Eine Frau Anfang dreißig kam mit einer Schubkarre voll Rettich um die Ecke. »Da steckst du, Jonas«, sagte sie ärgerlich. »Du hattest mir doch versprochen, das Hochbeet zu reparieren. Da sind drei Bretter abgefallen. Und vergiss nicht, nachher die Schweine zu füttern.«

»Mach ich noch, Frau General-Feldwebel-Jonas-Erziehungsberechtigte-Numero-Uno«, sagte er und salutierte. »Aber willst du nicht erst einmal Hallo zu Chrissies Gästen sagen?«

Svea musste lachen und stellte die Schubkarre auf den Boden. »Natürlich!«, sagte sie. »Ich bin Svea. Herzlich willkommen in unserer Gemeinschaft. Wir freuen uns, dass ihr da seid und euch ganz nach euren Kräften einbringt.« Der Reihe nach umarmte sie erst Franzi, dann Marie und dann Kim. Svea roch nach Erde und frischen Kräutern und Franzi merkte, wie hungrig sie mittlerweile wieder war.

»... und euch ganz nach euren Kräften einbringt!«, äffte Jonas seine Mutter leise nach. »Ihr seht schon, hier geht es immer nur ums Arbeiten!« Er nahm das Snakeboard, das am Boden lag, und war verschwunden, ehe seine Mutter etwas erwidern konnte. Die zuckte mit den Schultern. »Jonas würde am liebsten in die Stadt ziehen. Und da genauer in einen Skaterpark. Nun ja, das kann ich ihm hier eben nicht bieten.«

Franzi wurde von einer Welle der Dankbarkeit überrollt. Sie hatte beides. Das Landleben mit all den Tieren auf dem Winklerhof, aber auch die Stadt, um mit Marie und Kim im *Café Lomo* einen Kakao zu trinken oder zusammen mit ihrem Freund Blake im Skaterpark abzuhängen. So schön es war, jeden Tag an den Strand gehen zu können, verstand sie Jonas auch irgendwie.

»Svea, ich muss dir noch was sagen«, fing Chrissie an.

»Später, meine Liebe. Ich muss jetzt die Rettiche ins Restaurant bringen. Vielleicht zeigst du deiner Schwester und ihren Freundinnen das *Paradies*? Ich habe das Gefühl, du kennst dich mittlerweile besser aus als ich.« Sie lächelte freundlich und schob die Karre weiter in Richtung des knallbunten Gebäudes, das in der Mitte des Geländes thronte. Das musste das berühmte Restaurant *Grünkohl* sein. Die beiden Köche dort waren durch ihren Internet-Blog sehr bekannt und hatten bereits zwei Kochbücher herausgegeben. Franzi hatte auch schon Rezepte nachgekocht. Besonders lecker war die Tomaten-Hirse-Suppe.

»Was wollt ihr zuerst sehen? Willi und Helga, die beiden Wollschweine, oder das Yogastudio oder die Bienenstöcke oder die Gemüsebeete oder das Restaurant *Grünkohl* oder ...«

»Natürlich die Schweine.« – »Natürlich das Restaurant.« – »Natürlich das Yogastudio.« Franzi, Kim und Marie antworteten gleichzeitig.

Sie mussten lachen.

Chrissie grinste auch und zuckte mit den Achseln. »Okay, dann entscheide ich: Hier lang zu unseren Bienenvölkern.«

Franzi war total beeindruckt. Chrissie hatte sie nun über eine Stunde lang über das Gelände des *Paradieses* geführt, das in etwa so groß wie ein Fußballfeld war. Die eigene Gärtnerei mit angeschlossenem Hofladen lag direkt hinter den Bienenkörben und hatte alles erdenkliche Gemüse zu bieten. Von einigen Sorten wie Gelbe Beten oder Mairübchen hatte Franzi noch nie gehört. Aber sie wollte sie unbedingt probieren. Wollschweine kannte Franzi allerdings. Willi und Helga hatten ihren Bereich neben dem Restaurant *Grünkohl*. Mit Unterstand, Suhle und allem, was das Wollschweinherz sonst so begehrte. Franzi sah auf den ersten Blick, dass die beiden sich im wahrsten Sinne des Wortes sauwohl fühlten. Die beiden wuselten schnaubend und schnüffelnd zu den drei !!!. Franzi klopfte der ziemlich rundlichen Helga auf den Rücken und versprach, später mit etwas Leckerem vorbeizuschauen.

Endlich kamen sie in den hinteren Teil des *Paradieses*. Dort standen die zu lustigen Wohnungen umgebauten Bauwagen der dauerhaften Bewohner des *Paradieses*. Alles dort sah sehr gemütlich aus. Die Wagen waren im Kreis aufgestellt, in der Mitte befand sich ein Feuerplatz mit Bänken und selbst gezimmerten Sofas. Ein Freiluftwohnzimmer sozusagen.

Die *Erdbeere*, der Wagen, in dem die drei !!! für die Dauer ihres Aufenthalts wohnen sollten, stand etwas abseits. Er war knallrot angestrichen. Das Beste aber war: An seiner Fassade waren kleine Blumentöpfe angebracht, in denen Hauswurz wucherte. Von Weitem sahen die Pflanzen aus wie die vielen kleinen Nüsschen an einer Erdbeere.

»Wie niedlich«, rief Marie. »Dürfen wir schnell hinein und unsere Rucksäcke abstellen?«

Chrissie nickte.

Auch im Inneren der *Erdbeere* war alles in Rot und Grün gehalten. An den Fenstern hingen Vorhänge mit Erdbeermotiv und sogar die Bettwäsche zierten die leckeren Früchte.

»Perfekt«, schwärmte Kim. »Eigentlich bräuchten wir nur noch eine Portion Schlagsahne und der Wagen wäre in null Komma nichts verschwunden.«

»Ich sehe schon, ihr habt Hunger«, meinte Chrissie schmunzelnd. »Im *Grünkohl* haben Thilo und Saskia bestimmt schon was Leckeres gezaubert. Geht doch schon mal vor!« Sie sah Franzi fragend an. »Ich kann euch doch allein lassen, oder? Ich treffe mich nämlich jetzt mit meiner Demo-Gruppe. Wir organisieren eine Klima-Demo am Strand.«

»Na klar, kein Problem«, meinte Kim. »Gute Idee, dass du dein Wissen hier weitergibst.«

»Die Idee ist wirklich gut …«, bestätigte Marie. »Aber die andere mit dem Restaurant gefällt mir noch viel besser, oder wie seht ihr das?«

Die drei !!! schlenderten die verschlungenen Wege durch die Gärtnerei zurück. Franzi entdeckte alle naselang etwas Neues. Eine besonders gut duftende Blüte, ein interessant gezacktes Kraut. Sie musste Chrissie auf ganzer Linie recht geben. Hier im *Paradies* zu sein, machte wirklich gute Laune.

»Was ist das denn für ein Haufen?«, fragte Marie, als sie bei der Kreuzung zwischen Restaurant, Hofladen und Gärtnerei die Abzweigung Richtung *Grünkohl* nahmen. »Kartoffelschalen und Rübenkraut und Eierschalen. Bäh! Ist ja eklig!«

»Das ist der beste Regenwurmspielplatz, den du dir vorstellen kannst«, erklärte Kim. »Ein Komposthaufen. Da entsteht neue Erde für die Gärtnerei.«

»Echt?« Marie hob die Augenbraue. »Und da darf man einfach alle Abfälle abladen?«

»Nee, nicht alle«, erklärte Kim weiter. »Nur Gartenabfälle und pflanzliche, nicht gekochte Küchenabfälle. Deswegen stinkt es auch nicht.«

»Und mit der Zeit verarbeiten die Bakterien und die Regenwürmer alles zu tollem Humus, also fruchtbarer Erde.« Franzis Augen leuchteten. »Allerdings ist dieser Komposthaufen tatsächlich beeindruckend.

So rein flächenmäßig. Wie weit geht der denn eigentlich?« Neugierig linste sie um die Ecke. Der Kompost war riesig. Er erstreckte sich bis zu den Holunderhecken, hinter denen die Beete begannen. Plötzlich brach die Sonne wieder strahlend aus den Wolken hervor und blendete Franzi.

Etwas blitzte auf. In der Hecke! Silbern und ziemlich groß. Hier hatte jemand etwas versteckt. Und mit einem Mal war Franzis klar, was es sein musste. Sie ging den schmalen Trampelpfad am Komposthaufen vorbei und bog die Zweige der Hecke zur Seite. »Kommt schnell her«, rief sie aufgeregt. »Ihr werdet nicht glauben, was ich hier gefunden habe!«

»Wer schmeißt denn bitte drei Fahrräder ins Gebüsch?«, fragte Marie erstaunt.

»Und wer klaut Fahrräder, die dem *Paradies* gehören, am Bahnhof und versteckt sie dann wieder im *Paradies*?« Franzi kämpfte mit einem Ast, der sich in die Speichen des Hinterrades geklemmt hatte. Sie rüttelte und zerrte, dann hatte sie das erste Fahrrad befreit und übergab es an Kim.

»Das ergibt für mich keinen Sinn!«

»Na ja«, überlegte Kim. »Es sei denn, jemand wollte sie nicht stehlen, sondern nur verstecken. Als Streich sozusagen.«

»Haha. Lustiger Streich. Wir mussten ewig in der Hitze mit unseren Rucksäcken auf dem Rücken ins *Paradies* latschen«, meinte Marie genervt. »Wie auch immer: Chrissie kann sich den Weg zur Polizei jetzt sparen und ein schlechtes Gewissen braucht sie auch nicht zu haben. Soweit ich sehen kann, haben die Räder nicht mal einen Kratzer.«

Franzi besah sich die Lastenräder von allen Seiten. Vorne und hinten war eine kleine Holzkiste angebracht. Darin lagen noch verwelkte Blätter und Erdreste vom Obst und vom Gemüse, die ausgeliefert

worden waren. Am Lenker waren lustige bunte Blumen befestigt. Ein richtiges Blütenmeer.
»Das gefällt mir«, meinte Marie. »Die Blumen sind aus alten Plastiktüten gemacht. Wenn ich zu Hause bin, plündere ich alles, was wir noch an Tüten haben, und style mein Fahrrad im gleichen Look.«
»Alte Tüten kannst du auch am Strand einsammeln«, ergänzte Franzi. »Das Meer hat leider ein massives Plastikproblem. Es treibt so viel Plastikmüll im Meer. Der größte Plastikteppich ist so groß wie Mitteleuropa! Und es ist leider nicht der einzige.«
Marie sah Franzi erschrocken an. »Echt? Das hätte ich nicht gedacht. So viele Blumen kann ich aber nicht basteln.«
»Es ist auf jeden Fall gut, Plastik zu vermeiden, wo immer es geht«, ergänzte Franzi. »Wir können darauf achten, weniger Verpackungen und Kosmetik ohne Mikroplastik zu kaufen.«
Marie nickte.
Kim klopfte auf die Kisten, die an den Rädern angebracht waren.
»So etwas brauchst du auf jeden Fall auch«, kicherte sie. »Bei dem ganzen Kram, den du immer mitschleppst. Schminksachen, Wechselklamotten, Wechselschuhe ... soll ich weiter aufzählen?«
»Ist ja gut«, meinte Marie. »Ich stimme zu: Eine Kiste vorne ist möglicherweise keine schlechte Idee.« Sie zerrte das Fahrrad auf den Weg. »Wo stellen wir die Räder nun hin?«
Franzi tippte auf ihrem Handy herum, ließ es dann aber sinken. »Hab ich vergessen: Chrissie ist momentan mobil nicht erreichbar. So wie alle Bewohner hier. Dann sagen wir es ihr eben später. Wir sichern jetzt erst einmal alle Fingerabdrücke, die auf den Rädern sind, und dann stellen wird sie vor das Restaurant.«

DU BRAUCHST …

- bunte Plastiktüten
- Schere
- Blumendraht

SCHWIERIGKEITSGRAD:

- einfach

Blütenmeer fürs Fahrrad

Bestimmt nimmst du immer eine Tasche mit, wenn du einkaufen gehst. Früher wurden dafür oft Plastiktüten verwendet. Vielleicht habt ihr noch ein paar Plastiktüten zu Hause? Daraus kannst du tolle Blumen basteln, die dein Fahrrad verschönern.

1 Schneide die Plastiktüte in Streifen. Achte darauf, dass das eine Ende breiter ist als das andere (ca. 9 cm oben und ca. 7 cm unten). Die Länge der Streifen richtet sich nach der Größe deiner Tüte. Je länger der Streifen, desto größer die Blüte.

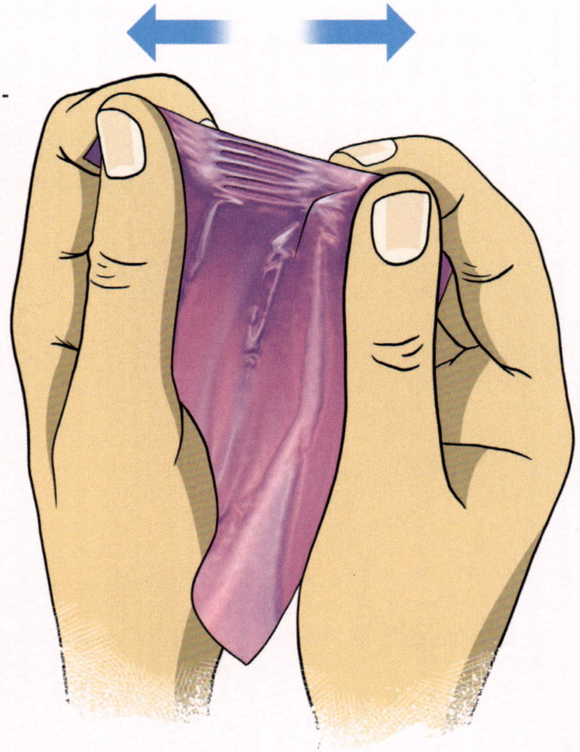

2 Die lange Kante deiner Tütenstreifen dehnst du nun in regelmäßigen Abständen. Dazu hältst du das Ende der Tüte mit Daumen und Zeigefinger der einen Hand und greifst nach etwa 3 cm mit Daumen und Zeigefinger der anderen Hand. Diesen Abstand ziehst du nun auseinander. Die Plastikfolie dehnt sich und wirft eine »Welle«.

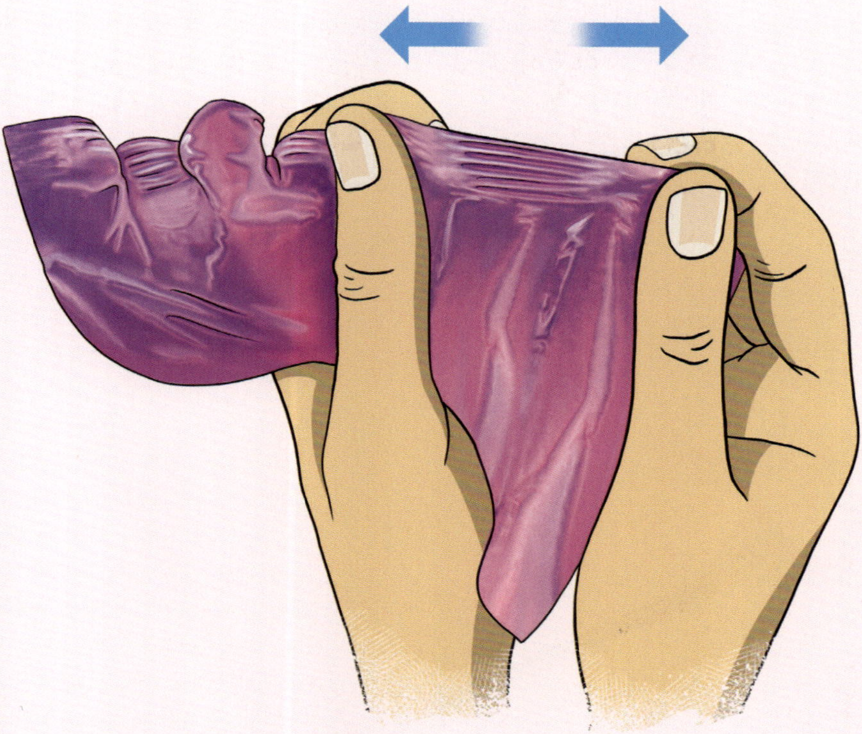

3 Nun greifst du das Ende dieser Welle wieder mit Daumen und Zeigefinger der einen Hand und misst erneut ungefähr 3 cm. An dieser Stelle greifst du mit Daumen und Zeigefinger der anderen Hand und ziehst wiederum, sodass erneut eine Welle entsteht. So fährst du bis zum Ende des Tütenstreifens fort. Das werden die Blütenblätter deiner Blume.

4 Wickle den Folienstreifen vom schmalen Ende her ein, sodass eine Blüte entsteht.

5 Anschließend wickelst du Blumendraht um den Blütenkopf, damit er sich nicht wieder aufwickelt. Mit dem Draht befestigst du die Blumen am Lenker oder an deinem Fahrradkorb.

Mehr Meer

»*Namaste!*« Ein junger Mann mit einem weißen Turban auf dem Kopf begrüßte die drei !!!. Unter dem Turban quollen braune Locken hervor und die breite Nase war mit Sommersprossen übersät. Er trug eine hautenge, bläulich schimmernde Leggins und eine weite, weiße Tunika darüber. »Neu im *Paradies*?«, fragte er. »Ich bin Tulsi Singh, ihr habt sicher schon von mir gehört?«

Marie nickte begeistert. »Habe ich! Ich wollte später noch bei Ihnen vorbeikommen und Sie fragen, ob ich an einer Ihrer Yogaklassen teilnehmen darf!«

»Aber nein!«, sagte Tulsi. »So fangen wir schon mal gar nicht an.«

»Nein? Wie denn?«, fragte Marie verunsichert.

»Wir sind alle eins. Blumen, Tiere, Menschen. Und wir siezen uns nicht. Ich bin Tulsi und wie heißt du?«

»Marie«, sagte Marie leise.

»Marie. Welch schöner Name. Natürlich darfst du kommen. Die Philosophie des Yoga ist für alle da!« Tulsi Singh breitete die Arme aus, als wolle er die ganze Welt umarmen. »Alt und jung, arm und reich, wissend und nicht wissend.«

Franzi sah in Maries Gesicht, dass die sich plötzlich nicht mehr so sicher war, ob sie weiterhin an dem Yogakurs teilnehmen wollte. »Äh, wann wäre das denn, Herr Singh, äh .... ich meine, Tulsi.«

»Immer und niemals«, sagte Tulsi. »Folge deinem Herzen, dann wird stets die richtige Zeit sein!« Mit diesen Worten tänzelte er aus dem Gastraum und war verschwunden.

»An deiner Stelle würde ich mir das mit dem Yogakurs noch einmal überlegen«, meinte Kim trocken. Marie lächelte schief.

»Nehmt Jochen nicht so ernst. Die Yogastunden bei ihm sind richtig cool.« Eine junge Frau erschien hinter dem Tresen und überreichte Marie einen Flyer. »Da stehen die Zeiten drauf. *So* spontan ist Jochen nämlich doch nicht.«
»Jochen?«, fragte Marie. »Ich dachte, er heißt Tulsi.«
»Tulsi Singh ist eine Art Yoga-Künstlername. Im wahren Leben heißt er Jochen Klüsterbach. Aber das war ihm wohl nicht werbewirksam genug. Er wohnt noch nicht lange im *Paradies* und ist sehr nett. Ich bin übrigens Saskia. Saskia Kohl. Ich führe hier mit Thilo das Restaurant. Und wer seid ihr?«
»Wir sind Kim, Franzi und Marie«, stellte Marie sie vor. »Franzi ist Chrissies Schwester. Vielleicht hat sie schon erzählt, dass wir kommen?«
»Aber klar, jetzt erinnere ich mich!«, sagte Saskia. »Setzt euch zu den anderen nach draußen. Das Essen ist gleich fertig. Es gibt Gemüse-Kartoffelsuppe oder, wer das nicht so gerne mag, einen bunten Sommersalat mit selbst gebackenem Brot.«
»Für mich die Suppe!«, antwortete Franzi.
»Und für mich den Salat«, riefen Marie und Kim gleichzeitig.

Sie traten durch die weiße Flügeltür in den Außenbereich des Restaurants. Die losen Kieselsteine, mit denen der Boden bedeckt war, knirschten unter den Füßen und an den langen Holztischen saßen die Gäste auf bunt bemalten Stühlen. Svea war auch da und stand mit einer schmächtigen, kleinen Frau in buntem Blümchenkleid etwas abseits. Sie wirkte beunruhigt, lächelte aber, als sie die drei !!! sah, und winkte sie zu sich.
»Ich möchte euch gerne Frau Klatterer vorstellen, ohne die es das *Paradies* gar nicht gäbe«, sagte sie. »Sie vermietet uns das Grundstück und einen Teil der Miete dürfen wir ihr in Gemüse und Obst auszahlen.«

Frau Klatterer lächelte gezwungen. »Nicht der Rede wert.«
»Oh doch, so ein Einsatz ist überhaupt nicht selbstverständlich«, setzte Svea nach. »Und sie macht aus unseren Roten Beten den besten Borschtsch, den man sich nur vorstellen kann.«
»Ich bin aber eigentlich nicht wegen der Roten Bete hier«, antwortete Frau Klatterer kühl. »Ich würde Sie und das restliche Organisationsteam des *Paradieses* um ein baldiges Gespräch bitten. Ist das möglich?«
Franzi wunderte sich. Warum war die Frau so unfreundlich? Svea hatte ihr doch Komplimente gemacht?
»Natürlich«, sagte Svea. »Wann immer es Ihnen passt!«
»Gut.« Frau Klatterer presste ihre Handtasche an die Brust. »Ich melde mich bei Ihnen.«
Ohne ein Wort des Abschieds verließ sie das Restaurant.
»Ist die immer so komisch?«, fragte Marie Svea, als sie sich gesetzt hatten und Saskia ihnen die Salate und die Suppe auf den Tisch gestellt hatte.
»Überhaupt nicht«, beteuerte Svea. »Frau Klatterer unterstützt das *Paradies.* Keine Ahnung, welche Blattlaus ihr heute über die Leber gelaufen ist. Es ist noch nie vorgekommen, dass sie sich keine Roten Beten mitgenommen hat.«
»Vielleicht hat sie den Bo... Bomsch... über?«, vermutete Franzi.
Svea kicherte. »Borschtsch. Das ist eine Rote-Bete-Suppe, die vor allem in Osteuropa bekannt ist. Schmeckt sehr lecker«, erklärte sie. Dann deutete sie auf die Teller auf dem Tisch. »Fangt bitte an«, bat sie. »Deine Suppe wird sonst ganz kalt, Franzi!«
Dankbar begannen die drei !!! zu essen. Der Salat sah so verführerisch aus und das frisch gebackene Brot duftete so fantastisch, dass Franzi ihre Gabel nahm und immer wieder bei Marie und Kim mitaß. »Toll, dass es euch schmeckt«, meinte Svea. »Aber es wundert mich nicht. Wir Bewohner aus dem *Paradies* und die Mitarbeiter

von *Green Look*, die zum Mittagessen ins *Grünkohl* kommen, lieben das Essen hier. Es ist uns mittlerweile schon ganz egal, was es gibt. Es schmeckt immer wunderbar!«

»Dann ist das *Grünkohl* so etwas wie die Kantine des *Green Look*?«, fragte Marie.

Svea nickte. »Ganz genau. Saskia und Thilo können so planen, wie viele Essen sie verkaufen. Mit dem Restaurant verdient das *Paradies* am meisten Geld. Ich bin sehr froh, dass wir diese Übereinkunft mit Piet Lübbers, dem Chef von *Green Look*, treffen konnten. Ohne diese finanzielle Sicherheit wäre die Zukunft des *Paradieses* sehr unsicher.« Sie winkte an den Nachbartisch, an dem eine Frau mit blonder Lockenmähne und ein Mann mit gepunktetem Hemd saßen. »Hallo, Emilia, hallo, Joost, ich erzähle unseren *Paradies*-Gästen gerade von euch.«

»Aber bitte nur nette Sachen«, rief Emilia zurück und winkte auch. »Nicht, wie verfressen ich bin!« Sie lachte. »Das ist schon mein dritter Teller Suppe. Es schmeckt hier einfach verboten gut!«

Franzi aß einen weiteren Löffel Suppe, legte den Löffel dann allerdings zur Seite. Die Suppe war lecker, aber sie konnte nach der Salat- und Brotklauerei einfach nicht mehr.

Svea lachte, als sie das sah. »Ist nicht schlimm, wenn du nicht aufessen kannst. Ich muss sowieso noch mal in die Küche, um mit Thilo und Saskia den Speiseplan der nächsten Woche zu besprechen. Ich stelle deine Suppe in unseren Bewohner-Kühlschrank. Dann kannst du sie dir heute Abend aufwärmen.«

Mittlerweile war Chrissie von ihrer Besprechung zurückgekehrt und fragte, ob die Mädchen Lust auf einen Strandbesuch hatten. Natürlich hatten sie! Sie schwangen sich auf die wiedergefundenen Räder und radelten los. Als sie an den Salzwiesen vorbeifuhren, tauchte das schwarze Lämmchen wieder auf und begleitete sie ein kleines Stück.

Die Sonne glitzerte und es war keine Wolke am Himmel zu sehen. Franzi lächelte glücklich. Die Anspannung der letzten Zeit verblasste mit jedem Meter und alles fühlte sich leicht an. Freundlich, hell und wunderbar! Sie blickte zu ihrer Schwester und zu Kim und Marie. Was hatte sie für ein Glück, so tolle Freundinnen zu haben. Und mit Chrissie verstand sie sich auch immer besser!
Ein richtiger Alles-ist-gerade-rundum-gut-Moment, dachte sie zufrieden.

Sie parkten die Räder, schlossen sie ab und gingen am Bahnhof vorbei auf den langen Holzbohlenwegen zum Strand hinunter. Der Wind wurde stärker, je näher sie dem Wasser kamen.
»Als Erstes berufe ich ein Detektivinnen-Treffen ein«, meinte Kim. »Schließlich können wir die Sache mit den Rädern doch nicht einfach so auf sich beruhen lassen, oder?«
»Das finde ich allerdings auch«, meinte Chrissie sofort. »Ich bin zwar richtig froh, dass sie nicht wirklich weg sind, aber ich habe einen ganz schönen Schrecken bekommen. Darf ich denn teilnehmen?«
»Natürlich darfst du«, bestimmte Kim. »Das wäre sogar gut, denn du kennst die Bewohner und Gäste des *Paradieses* und kannst die Lage demnach besser einschätzen.«
Franzi warf Kim einen zweifelnden Blick zu. Im Prinzip war es okay, wenn Chrissie bei ihrem Treffen dabei war, aber sie hätte bei der Sache schon gerne mitentschieden. Sie blickte zu Marie, aber die schien auch kein Problem damit zu haben. Es war sowieso zu spät für Einwände: Chrissie hatte sich bei Kim eingehakt und stapfte durch den Sand Richtung Wasserkante.
»Also: Wer könnte Interesse daran haben, die Fahrräder zu verstecken?«, fragte Kim. »Wem ist es ein Dorn im Auge, dass Besucher ins *Paradies* kommen?«
Chrissie zuckte mit den Achseln. »Das ist es ja … mir fällt niemand ein.«

»Svea?«, schlug Marie vor. »Immerhin macht es viel zusätzliche Arbeit, wenn wir da sind. Und sie wirkt ziemlich gestresst.«
»Kann ich mir nicht vorstellen«, antwortete Chrissie. »Sie hat sich ehrlich gefreut, dass ihr kommt. Und eigentlich macht es nicht viel Arbeit. Im Gegenteil. Ich habe noch nie erlebt, dass ein Besucher nicht gerne an den *Paradies*-Arbeits-Aktionen wie Jäten oder Beeteumgraben teilnimmt.«
»Vielleicht Tulsi?« Franzi grinste. »Er will, dass alle erst einmal entschleunigen. Der Weg ist das Ziel und so … zu Fuß gehen als Vorbereitung für die Yogastunde, was weiß ich.«
Kim prustete los. »Genau. Das ist es. Der Fall ist gelöst! Franzi stellt Tulsi nachher zur Rede, dann machen alle ein paar Yogaübungen und alles ist wieder in geklärter Butter!«
»Sehr schön. Aber jetzt mal im Ernst. Was ist mit Jonas?« Marie hob eine kleine Muschel auf und betrachtete sie von allen Seiten.
»Nee, glaub ich nicht.« Franzi schüttelte den Kopf. »Der hat sich doch sogar gewundert, dass wir so spät gekommen sind.«
»Als ob Täter nie schwindeln würden …« Kim stupste Franzi in die Seite. »Auch gut aussehende Typen können Fahrräder stehlen. Selbst wenn Franzi sie am liebsten laufen lassen würde.«
Franzi knuffte Kim in die Seite. »Na warte, das nimmst du zurück! Das ist nämlich überhaupt nicht wahr!«
»Oh doch«, stimmte Chrissie Kim zu. »Das ist sogar einer der wahrsten Sätze, die ich je gehört habe.«
Franzi stemmte beleidigt die Hände in die Hüften. »Ihr seid gemein. Dann seht mal, wie weit ihr ohne mich mit euren Ermittlungen kommt.« Sie streckte die Zunge heraus und rannte los.
Das war allerdings anstrengender, als Franzi erwartet hatte. Der entgegenwehende Sand pikte und stach an ihren nackten Unterschenkeln und schon kurze Zeit später wurde sie langsamer. Schwer atmend stützte sie die Hände auf die Oberschenkel und beugte sich

nach vorne: nur kurz verschnaufen. Gedankenverloren blickte sie auf den Spülsaum. Eine rote Plastiktüte schwappte mit jeder anrollenden Welle an den Strand und wurde anschließend wieder ins Meer gezogen. Die Tüte war jedoch nicht der einzige Abfall, den Franzi sehen konnte. Auf den Wellen tanzten weitere bunte Plastikstücke und neben ihren Füßen lag eine leere Sonnencremetube. Sie holte einen Stoffbeutel aus ihrem Rucksack und begann, den Müll einzusammeln. »Wie ekelig«, murmelte sie sauer. »Warum nehmen die Leute denn ihren Abfall nicht wieder mit?«

In diesem Augenblick zog sich ihr Bauch schmerzhaft zusammen. Aua, was war denn das? Sie legte die Tasche beiseite, setzte sich in den Sand und drückte die Hand auf den Unterleib.

Mittlerweile hatten Chrissie, Kim und Marie zu ihr aufgeschlossen. Franzi hörte, dass auch sie das Thema Plastik weiter beschäftigte.

»Der meiste Müll wird angespült«, erklärte Chrissie gerade. »Das Meer ist voll von diesem Plastikzeug. Es ist eine Katastrophe. Außerdem lag die Durchschnittstemperatur des Wassers in diesem Jahr immer über der der letzten Jahre. Das bedeutet, dass viele Fische, wie zum Beispiel der Kabeljau, nordwärts wandern und hier nur noch selten vorkommen.«

»Das ist ja auch kein Wunder, wenn hier fiese Abwässer ins Meer geleitet werden«, empörte sich Kim und deutete auf eine Betonröhre, die sich durch den Strand zog und immer wieder Wasser ins offene Meer spuckte.

Chrissie winkte ab. »Nein, nein, dieses Wasser ist kein Problem. Es kommt von *Green Look*. Sie färben die Baumwolle mit Naturfarben und haben so fantastische Filteranlagen, dass sie ihr Abwasser ohne Bedenken einleiten dürfen. Das Umweltamt prüft die Werte regelmäßig.«

»Das Problem mit den Fischen kommt also vom Klimawandel?«, fragte Marie.

Chrissie nickte. »Ja, die Meere erwärmen sich zwar langsamer als das Land, aber schon Zehntelgrade machen für die Pflanzen und Tiere, die darin leben, einen riesigen Unterschied. Ich hoffe, wir können mit unserer Demo mehr Menschen hier in der Gegend darauf aufmerksam machen. Wir müssen alle zusammen handeln, und zwar schnell. Vor allem die Industrie und die Politik müssen Gesetze erlassen, die die Umwelt schützen. Aber die Politiker erreichen wir nur, indem wir ständig auf uns aufmerksam machen.«
»Du hast absolut recht«, meinte Marie. »Leider sind wir dann nicht mehr hier, aber ich bin mir sicher, dass ihr Gehör findet und viele Leute mitmachen werden.«
Mietmaaaacheeen weeeerdeeen, hallte es gedehnt in Franzi nach. Sie fasste sich an den Kopf. Ihr war plötzlich ganz schwindelig und die Schmerzen im Bauch waren heftiger als zuvor. Im nächsten Augenblick krampfte sich ihr Magen zusammen und sie stöhnte auf.
»Franzi!«, riefen Chrissie, Kim und Marie gleichzeitig. Kim ließ sich neben Franzi in den Sand fallen und griff ihr unter die Arme.
»Mein Bauch«, stöhnte Franzi. »Es tut so weh.«
»Halt dich an mir fest«, meinte Chrissie und zog Franzi mit Kims Hilfe hoch. »Hattest du das schon öfter? Vielleicht hast du etwas Falsches gegessen?«
»Essen? Oh, nein ...«, wimmerte Franzi und stöhnte auf. »Ich ... ich ... glaub ... ich muss ...« Sie begann zu würgen und wandte sich von Kim und Chrissie ab.
»Wir müssen sie zurückbringen«, sagte Chrissie bestimmt. »Die Sache gefällt mir gar nicht!«
Kim und Marie hakten sich bei Franzi ein, die nur langsam gehen konnte. Immer wieder krümmte sich ihr Körper unter Bauchkrämpfen. Kim und Marie strichen ihrer Freundin sanft über den Rücken, um sie zu beruhigen. Doch ihre Augen verrieten, dass sie sich Sorgen um Franzi machten. Hoffentlich steckte nichts Schlimmes dahinter!

Es dauerte eine Ewigkeit, bis sie beim Bahnhofsgebäude ankamen. Sie setzten Franzi auf eine Bank.
»*Ach du leeve Tied. Wat is denn hier pessiert?*« Der Kioskbesitzer eilte mit einem Erste-Hilfe-Kasten herbei, ließ ihn aber sinken, als er sah, dass Franzi nicht äußerlich verletzt war. »*Ik führ jo in die Stadt*«, schlug er vor.
»Nein, bitte kein Auto«, bat Franzi leise. »Da wird mir noch schlechter. Ich möchte einfach nur ein wenig hier sitzen. Ich glaube, es wird schon besser!«
»*Denn man to. Wenn ji mi brukt, weet ji jo, wo ji mi finnen künnt.*«
»Das ist nett!«, bedankte sich Marie bei dem Mann.
»Bist du sicher, dass du nicht nach Hause gebracht werden willst?« Chrissie beugte sich zu ihrer Schwester hinunter. »Immerhin musstest du dich übergeben.«
»Eben, jetzt ist es draußen«, antwortete Franzi und lächelte schwach. »Ein bisschen Ruhe und ein Glas Wasser und dann schaff ich den Weg selbst!«
»Logo, ich hole Wasser«, sagte Marie. »Aber vorher schnupperst du einmal an meinen selbst gemachten Notfall-Aromaspray. Da ist mit frischem Zitronengras. Bestimmt tut dir das gut!« Sie holte eine kleine Sprühflasche heraus und drückte auf den Pumpknopf. STTTTT! Sofort breitete sich ein angenehmer Duft aus. »Kümmel und Kamille sind auch drin«, sagte Marie stolz.

Franzi erholte sich erstaunlich schnell. Nach einer halben Stunde, in der sie drei große Gläser Wasser getrunken und Marie noch mehrere Male mit ihrer Wunderwaffe gesprüht hatte, war sie beinahe wieder die Alte. Mit leichten Wackelbeinen stakste sie zu den Fahrrädern und schloss das ihrige auf. »Los, wir fahren zurück ins *Paradies*. Jetzt hat Kim die einmalige Gelegenheit, schneller zu sein als ich.«

»Dir geht es ganz offensichtlich wieder gut, wenn du so gemein sein kannst«, knurrte Kim beleidigt. »Also gibt es auch keinen Krankheitsvorsprung. Auf die Plätze, fertig, los!«

Franzi bog um die Kurve. Das *Paradies* lag vor ihnen. Zum Glück hatte sie recht behalten und die frische Luft und das aufmunternde Meckern des schwarzen Lämmchens hatten dazu beigetragen, dass ihre Bauchschmerzen vollständig verschwunden waren. Sie hatte sogar Appetit und freute sich auf die Suppe im Kühlschrank des *Grünkohls*.

Komisch. Warum standen denn zwei Krankenwagen vor dem Torbogen? Franzi sprang vom Rad und lehnte es an den Zaun des *Paradieses*. Kim, Chrissie und Marie, die dicht hinter ihr waren, taten es ihr gleich. Schnell liefen sie auf das Gelände und wurden von einer völlig aufgelösten Saskia empfangen. »Gott sei Dank seid ihr da! Geht es euch gut? Es ist so furchtbar!« Sie brach ab und wischte sich mit dem Handrücken die Tränen von der Wange. »Hanne, Emilia und Joost von *Green Look* sind mit Magenkrämpfen zusammengebrochen. Sie werden gerade in den Krankenwagen behandelt. Und alle, die die Kartoffelsuppe gegessen haben, klagen über Schwindel und Übelkeit. Ich kann mir das gar nicht erklären. Es ist eine Katastrophe! Das *Grünkohl* wird geschlossen!«

»Saskia, komm, es wird schon nicht so schlimm werden!« Ein junger Mann mit Kochmütze und Schürze nahm sie in den Arm. »Wir haben uns nichts vorzuwerfen. Es muss alles ein schrecklicher Irrtum sein!«

»Thilo, ich weiß nicht.« Saskia hatte aufgehört zu schluchzen. Doch sie sah verzweifelt aus. »Alle, die von der Suppe gegessen haben, sind krank geworden. Das Lebensmittelamt hat alle Reste mitgenommen und eine Untersuchung eingeleitet. Und Svea hat das Restaurant für die Öffentlichkeit geschlossen.«

Thilo verstummte und blickte ins Leere. »Ich verstehe dich ja. Es ist rätselhaft. Ich habe diese Suppe gekocht und ich schwöre, ich habe keine anderen Zutaten verwendet als sonst auch. Selbst wenn, und ich sage *wenn*, eine verdorbene Kartoffel oder verfaultes Gemüse dabei gewesen wäre, dann hätte das doch nicht solche Auswirkungen.«
»Genau. Das hätte sich höchstens auf den Geschmack ausgewirkt. Ich sage euch, da hat jemand seine Finger im Spiel gehabt! Jemand, der dem *Paradies* und dem *Grünkohl* den Erfolg nicht gönnt«, raunte Franzi Kim und Marie zu.
»Justina Förtner von den *Deichnachrichten*.« Plötzlich hatte Thilo ein Mikrofon vor der Nase. »Thilo Grün vom Restaurant *Grünkohl*, nicht wahr?« Thilo wirkte völlig überrumpelt und sah sich hektisch nach Saskia um. Die winkte jedoch ab und verschwand im Restaurant. »Sie haben die Giftsuppe gekocht, an der die Gäste beinahe gestorben wären. Wie geht es Ihnen damit, beinahe die gesamte Belegschaft einer Firma auf dem Gewissen zu haben?«
»W... was erlauben Sie sich!«, stotterte Thilo. »Das sind Anschuldigungen und ... ich bin doch selbst Opfer ... ich musste mich auch übergeben.« Er blickte Hilfe suchend zu den drei !!!.
»Das ist ja eine dreiste Reporterin«, meinte Kim. »Hat die denn gar kein Mitgefühl? Der arme Thilo ist völlig fertig und sie will einfach nur eine Sensationsstory schreiben.«
»Presse«, stellte Marie nüchtern fest. »Da gibt es ganz fiese Exemplare. Ich kann ein Lied davon singen, wir haben die manchmal zu Hause.«
Maries Vater war ein berühmter Schauspieler und spielte den Kommissar Brockmeier in der Vorabendserie *Vorstadtwache*. Des Öfteren waren ihm bereits von der Presse Unwahrheiten angedichtet worden. Und nicht immer hatten diese Gerüchte Marie kaltgelassen.

»Also, ich würde das ganz anders machen!«, empörte sich Kim. »Die richtig guten Geschichten gibt es nur, wenn man ein Vertrauensverhältnis zu den Interviewpartnern aufbaut.«
»Sie will wahrscheinlich nur eine fette Schlagzeile«, meinte Franzi achselzuckend. »Aber mir reicht es jetzt auch!« Sie stampfte zu der Reporterin und bog das Mikrofon zu sich. »Ich heiße Franziska Winkler und ich bin seit heute Gast im *Paradies*. Ich habe selbst von der Suppe gegessen und ja, mir wurde auch übel. Aber so richtig übel finde ich Ihre Art, Gemeinheiten zu unterstellen und Behauptungen aufzustellen. Zu einem Zeitpunkt, an dem noch nichts geklärt ist. Kommen Sie wieder, wenn Ihnen der Vorstand des *Paradieses* einen Interviewtermin gegeben hat!«
Einige Leute, die um Franzi herumstanden, klatschten.
»Bravo, das nenne ich Zivilcourage«, rief Jonas, der zusammen mit seiner Mutter neben den Krankenwagen gestanden hatte und näher gekommen war. »Überhaupt wird die Sache hier ganz schön aufgebläht. Was soll das alles?«
Svea hielt ihren Sohn zurück. »Du machst mit deinen Sprüchen alles nur noch schlimmer«, sagte sie. »Die Schließung des Restaurants ist problematisch für das *Paradies*, das weißt du genau. Es ist unsere Haupteinnahmequelle. Und wenn die versiegt, müssen wir von hier wegziehen!«
Jonas zuckte mit den Achseln. »Dann wohnen wir eben woanders. Hier habe ich nicht mal einen Kumpel und Skaten kann ich auch nicht üben.«
Svea warf ihm einen traurigen Blick zu und wandte sich dann an die Reporterin: »Meine Pressesprecherin, Franziska Winkler«, sie zwinkerte Franzi zu, »hat alles gesagt, was es zu sagen gibt. Das Restaurant ist vorübergehend geschlossen, und was die bedauerlichen Krankheitsfälle betrifft: Wir werden alles tun, um herauszufinden, was die Ursache dafür war. Und dann werde ich Ihnen ein

Interview geben. Aber bis dahin verlassen Sie bitte das Gelände.« Sie deutete auf den Torbogen. Justina Förtner wollte etwas entgegnen, überlegte es sich dann aber anders und raffte mit verkniffenem Mund ihre Tasche und das Mikrofon zusammen und verschwand.

»Danke, Franzi!« Svea schnaubte. »Du warst toll. Du kannst mir nicht auch zufällig helfen, diese Sache hier aufzuklären?«

»Zufällig doch«, sagte Franzi und überreichte Svea die Visitenkarte der drei !!!. »Aber nicht alleine. Sondern mit meinen wunderbaren Detektivkolleginnen Kim und Marie.«

(T)RAUM
DUFT

DU BRAUCHST …

- Wasser
- ätherische Öle deiner Wahl, z. B. Orange, Lemongrass, Lavendel (aus der Apotheke oder der Drogerie)
- saubere Sprüh-Pumpflasche (z. B. leere Haushaltsreinigerflasche oder Haarölflasche)

SCHWIERIGKEITSGRAD:

- einfach

(T)Raumduft zum Selbermachen

Riecht es irgendwo gut, fühlt man sich sofort wohl. Manchmal werden sogar schöne Erinnerungen wach. Düfte können deine Stimmung beeinflussen. Marie trägt stets eine Flasche mit Zitronen-Minze-Notfall-Aromaspray in der Tasche!

1 Miss die Menge Wasser ab, die in deine Flasche passt. Lass das Wasser in einem Topf aufkochen und danach abkühlen. Durch das Abkochen wird dein Raumspray für einige Wochen haltbar.

Maries Tipp

Wenn du Natron in dein Spray hineinrührst (ca. 1 TL je 200 ml) wird dein Raumspray zum Anti-Stink-Spray. Natron vertreibt nämlich unangenehme Gerüche. Auf Wiedersehen, Müffel-Turnschuh!

Kleine Aroma-Kunde

Achte darauf, dass du echte ätherische Öle (möglichst in Bio-Qualität) benutzt. Duftöle riechen zwar auch gut, aber haben keine therapeutische Wirkung.
Zitrus- oder Minz-Düfte beleben und heben die Stimmung und du kannst dich besser konzentrieren (z. B. Pfefferminze, Zitrone, Orange, Grapefruit, Lemongrass). Blumige Düfte schaffen eine Wohlfühlatmosphäre (z. B. Geranie, Litsea Cubeba). Beruhigend wirken Lavendel und Vanille.

2 Fülle das Wasser in dein Behältnis und gib bis zu 20 Tropfen deines Lieblingsduftes ins Wasser. Natürlich kannst du auch verschiedene Düfte kombinieren.
Gut schütteln und pfffft – lossprühen!

Suppengrün

Detektivtagebuch von Kim Jülich

Dienstag, 21:03 Uhr

Drei Fälle innerhalb eines Tages – das kann auch nur uns passieren! Einen davon konnten wir allerdings schnell lösen. Der »Türstl«-Dieb hat sich durch sein Schmatzen verraten. Und ich konnte ihm nicht mal böse sein. Diese Tofuwürstchen schmecken so gut, da würde ich jedes normale Würstchen stehen lassen. Und nicht nur, weil für die »Türstl« keine Tiere sterben müssen.

Der zweite Fall ist schon kniffliger: Kaum sind wir in Hochdeich angekommen, waren die Fahrräder, die Svea uns dort festgemacht hatte, verschwunden. Chrissie ist deswegen ganz schön durch den Wind. Ich glaube, sie hat Angst, dass Svea sauer auf sie sein könnte. Immerhin ist sie auch nur zu Besuch hier und keine richtige Paradies-Bewohnerin. Ich glaube aber, sie macht sich umsonst Sorgen. Ich habe das Gefühl, Svea hält große Stücke auf sie. Schließlich durfte sie uns ja auch hierher ins Paradies einladen. Das erlaubt man ja nicht einfach so.

Weil wir die Fahrräder nicht gefunden haben, sind wir vom Bahnhof zur Öko-Gemeinschaft gelaufen. Erst war ich zwar ein wenig genervt, weil wir ja auch unsere schweren Rucksäcke auf dem Rücken hatten, aber die Dünenlandschaft der Nordsee ist einfach so schön, dass der Fußmarsch wie im Fluge vergangen ist.

Habe ich gesagt, dass die Landschaft um Hochdeich schön ist? Stimmt auch. Aber noch schöner ist es im Paradies. Das Paradies ist eine Gemeinschaft, die Svea vor ein paar Jahren gegründet hat. Sie versuchen dort, möglichst umweltfreundlich und klimaschonend zu wohnen. Sie – das sind ungefähr vierzig ständige Bewohner, die in umgebauten bunten Bauwagen leben. Manche arbeiten für das Paradies: als Gärtner, als Koch oder als Yoga-Lehrer (Tulsi Singh heißt der Yoga-Lehrer und ist ein ziemlich schräger Vogel ...). Manche dagegen sind bei Green Look angestellt, der Firma nebenan. Das Paradies finanziert sich durch das Restaurant, in dem sie auch Gäste bewirten, und durch den Verkauf von Obst, Gemüse und Honig im Hofladen. Es ist einfach herrlich dort. Überall blüht es und riecht nach Erde und Kräutern und im Restaurant Grünkohl gibt es das beste Essen der Welt.

Den zweiten Fall, die gestohlenen Fahrräder, konnten wir leider noch nicht aufklären. Allerdings sind die Fahrräder wieder aufgetaucht. Sie waren in der Hecke beim Komposthaufen versteckt. Wir werden noch herausfinden, wer sich diesen schlechten Scherz mit uns erlaubt hat.

Und dann ist heute leider noch etwas Schreckliches passiert – unser dritter Fall: Jemand hat einen Anschlag auf die Gäste im Grünkohl verübt. Die Suppe wurde wahrscheinlich vergiftet, denn alle, die von ihr gegessen haben, litten an starken Bauchkrämpfen. Leider auch Franzi. Sie hat es am Strand erwischt, mitten während unseres Ausflugs. Die Arme hat mir so leidgetan. Sie hat sich gekrümmt vor Schmerzen. Dann musste sie sich sogar übergeben, aber es ging ihr zum Glück bald besser. Sie hat allerdings auch nur ein paar Löffel der Suppe gegessen. Nach ein paar Minuten (und dank Maries Wunderspray) konnte sie wieder Rad fahren. Und von wegen wackelig ... ich grummle immer noch. Denn trotz Beinahe-Vergiftung war sie schneller wieder im Paradies als Marie, Chrissie und ich. Dort herrschte echte Katastrophenstimmung!!! Überall Kranke! Klar, denn von der Suppe hatte ja nicht nur Franzi gegessen. Zwei Krankenwagen haben Joost und Emilia (die beiden arbeiten bei Green Look, wohnen aber im Paradies) behandelt, die es besonders schwer getroffen hat. Vielen ging es immer noch schlecht, aber sie brauchten keine Infusion. Das Gesundheitsamt hat alle Suppenreste mitgenommen und bestimmt, dass das Restaurant bis auf Weiteres für die Öffentlichkeit geschlossen bleiben muss – so lange, bis sie ermitteln können, was eigentlich vorgefallen ist. Denn das weiß schließlich niemand. Auch nicht die fiese Reporterin von den Deichnachrichten, die sofort die beiden Köche des Grünkohls, Saskia und Thilo, beschuldigt hat. Ohne dass sie wirkliche Beweise hatte. Das war echt nicht in Ordnung. Zum Glück hat Franzi supergenial reagiert und die blöde Reporterin ganz schön abblitzen lassen. Svea hat die Reporterin dann auch des Geländes verwiesen. Und wir? Wir haben zu unserem halb gelösten Fahrradfall noch einen obendrauf. Wäre doch gelacht, wenn wir nicht herausfinden würden, wer da wem die Suppe versalzen ... äh, ich meine ... vergiftet hat!

Morgen werden wir mit unseren Ermittlungen beginnen! (Und hoffentlich nebenbei herausfinden, wer die Fahrräder versteckt hat.)

Geheimes Tagebuch von Kim Jülich

Mittwoch, 21:48 Uhr

▸ Wer das hier liest, darf NIEMALS im Restaurant Grünkohl essen. Äh. Oder MUSS jeden Tag im Grünkohl essen. Je nachdem, was schlimmer ist. (Leider bin ich mir nicht so sicher.) ◂
Ich bin soooo müde. Kein Wunder, heute ist ja auch ganz schön viel passiert. Und von den neuen Urlaubseindrücken mag ich noch gar nicht reden! Es ist gut, dass ich hier schon im Stockbett im Bauwagen Erdbeere liege. Eingekuschelt in eine flauschige und – wie könnte es anders sein ☺ – erdbeerrote Wolldecke. Ich glaube, ich schlafe sofort ein, wenn ich gleich die Augen zumache. Franzi hört leise Musik. Den neuen Hit von den BOYZZZZ: Change the world.
An was sie wohl denkt? Ich hoffe, es ist nicht Jonas, der Sohn von Svea. Ich habe nämlich sehr wohl bemerkt, dass sie ihn gut findet!
Ich finde ihn allerdings ein bisschen nervig.
Und Marie? Die hat eine Yogastunde bei Tulsi für uns ALLE ausgemacht. Nein! Aber sie war so begeistert – ich konnte sie einfach nicht enttäuschen und habe zugestimmt. Nun übt sie den Sonnengruß für morgen. Dabei ist sie sowieso schon total gut. ICH sollte mich in die »Kobra« schlängeln. Oder im »Hund« bellen, damit ich das wenigstens irgendwie schaffe, sonst wird das tierisch peinlich.

DOOOOONG!
»Aufwachen, ihr Wunderschönen. Ein neuer Tag steht für uns bereit mit allem, was das Herz begehrt! Sonnenschein, Tanz und Gesang. Oooooommmmm!«
Franzi schlug die Augen auf. Was dröhnte und wummerte da draußen nur? Sie schob den Vorhang am Fenster vor ihrem Bett zur Seite. Tulsi Singh, wieder mit dem weißen Turban auf dem Kopf, aber diesmal mit einer weiten, weißen Pluderhose und einem T-Shirt mit Rotkehlchenmotiv bekleidet, lief mit einem großen Gong durch die Reihen der Bauwagen. In regelmäßigen Abständen schlug er ihn und stimmte dann erneut das Om an.

»Toll«, rief Marie begeistert. »So möchte ich immer geweckt werden. Vielleicht kann ich mir eine App auf das Handy laden!«
Kim gähnte und rieb sich die Augen. »Du bist plemplem. Das würde mir absolut den Rest geben.« Sie grinste gequält. »Ich weiß nicht, wie es euch geht, aber ich habe einen Riesenhunger!«
Franzis Magen knurrte als Antwort. »Das kannst du laut sagen. Schließlich habe ich mindestens eine Mahlzeit weniger gegessen als ihr.«
Schnell wuschen sie sich und zogen sich an. Marie entschied sich für eine leichte Tunika mit Lotusblütenmuster, die sie später für die Yogastunde tragen konnte. Die Sonne schien bereits warm, als sie sich auf den Weg zum *Grünkohl* machten. Das Restaurant war für Gäste zwar geschlossen worden, die Bewohner des *Paradieses* durften es allerdings als Küche weiter benutzen. Chrissie hatte gestern Abend noch versprochen, ihnen einen Früchtequark mit selbst gewonnenem Honig und einem veganen Brotaufstrich zu machen.
»Gerade jetzt ist es umso wichtiger, dass du mithilfst!«, hörten sie Svea, die mit Jonas vor dem Hofladen stand, sagen.
»Mama, wann kapierst du es endlich? Das ist nicht mein Ding. Ich habe es mir nicht ausgesucht, hier zu wohnen«, antwortete Jonas.
»Ich verstehe dich ja«, meinte Svea. »Wenn dieser Albtraum vorbei ist, können wir gerne darüber reden, ob wir uns eine Halfpipe leisten können. Gesetzt den Fall, das *Paradies* kann bestehen bleiben. Ich weiß im Moment nicht, woher die Einnahmen kommen sollen.«
Jonas sah seine Mutter schuldbewusst an. »Ist schon gut, Mum. Ich übernehme die Versorgung der Schweine.«
»Danke«, sagte Svea und ging zu den Salatbeeten.

»Könnte es sein, dass Jonas die Suppe vergiftet hat?« Marie zog die Nase kraus. »Er scheint richtig genervt von dem Leben hier zu sein.«

»Und du denkst, er macht so etwas, um von hier wegzukommen?«, überlegte Kim. »Wäre durchaus möglich.«
»Quatsch«, empörte sich Franzi. »Das ist fahrlässig. Und so schätze ich ihn nicht ein.«
»Du kennst ihn doch gar nicht«, wandte Kim ein. »Chrissie hat schon recht. Wenn du jemanden magst, denkst du gleich, er kann kein Wässerchen trüben. Aber wir müssen in Erwägung ziehen, dass Jonas richtigen Mist gebaut hat und dabei die Folgen nicht bedacht hat.«
Franzi wollte beleidigt etwas erwidern, ließ es dann aber bleiben. Hatten Kim und Marie recht, dass es ihr schwerfiel, Menschen zu verdächtigen, die sie mochte? Ein bisschen schon, gestand sie sich ein. Und was konnte es schon schaden, Jonas genauer unter die Lupe zu nehmen? Dann wussten sie entweder, dass er mit der Sache nichts zu tun hatte, oder sie hatten den Fall gelöst. Sie beschloss, sich nicht gegen weitere Ermittlungen in Sachen Jonas zu sperren.
»Kommt rein!« Chrissie winkte vom Eingang des *Grünkohls*. »Das Frühstück ist fertig!«
Kim, Franzi und Marie staunten: Es duftete nach Kräutertee und frisch gebackenem Brot. Chrissie hatte Erdbeeren, Kirschen und Stachelbeeren aufgeschnitten und Brotaufstrich aus Sonnenblumenkernen gemacht.
»In den Aufstrich habe ich Rote Bete und Schnittlauch geschnippelt. Und dann habe ich ihn mit Lavendelblüten dekoriert. Eure Detektivinnen-Farben, damit ihr Gehirnpower habt, um den Fall zu lösen«, erklärte Chrissie stolz.
Kim setzte sich, schnappte sich eine Brotscheibe und bestrich sie. »Genau genommen: zwei Fälle«, berichtigte sie Chrissie und biss in das Brot. »Das schmeckt gut. Kannst du uns nachher zeigen, wie das geht?«
»Klar.« Chrissie strahlte. »Das mache ich gerne. Der Aufstrich ist sogar vegan.«

»Da ist also gar nix vom Tier drin?«, fragte Marie. »Nicht mal Joghurt oder Butter?«
»Nein, gar nichts«, sagte ein Mann mit grauem Strickpullover und bunter Häkelmütze. Er hatte eine spitze Nase und buschige Augenbrauen, unter denen seine Augen beinahe verschwanden. »Ist zwar nicht ganz mein Fachgebiet, denn normalerweise beschäftige ich mich gerne mit Bakterienkulturen und chemischen Reaktionen, aber das Leben hier bringt einen automatisch dazu, kochen zu lernen. Ich heiße Hannes. War früher im Hamsterrad mal Biologie- und Chemielehrer am Gymnasium«, stellte er sich vor.
»Hamsterrad?«, fragte Marie. »Ist das eine Stadt?«
Hannes lachte laut heraus. »Nein, ich meine, als ich noch jeden Morgen um acht vor der Klasse stehen musste. Und am Nachmittag korrigieren und Unterricht vorbereiten. Am nächsten Tag ging dann alles von vorne los. Immer das Gleiche – wie in einem Hamsterrad eben. Jetzt habe ich andere Ziele. Seid ihr Chrissies Schwestern?«
»Nur ich«, meldete sich Franzi. »Ich bin Franzi und das hier sind meine Freundinnen Kim und Marie.«
»Frühstückt in aller Ruhe«, meinte Chrissie und stupste Hannes an. »Wir haben Küchendienst und müssen für die anderen Bewohner noch Kaffee kochen. Aber falls ihr noch etwas braucht, sagt Bescheid.«
Sie verschwand in der Küche und nickte Hannes zu, mitzukommen.
Franzi bediente sich an Tee und Brot. Sie hatte großen Appetit, knabberte aber erst vorsichtig an der Rinde herum. Sie war sich nicht sicher, wie ihr Magen nach dem gestrigen Vorfall reagieren würde.
»Es würde uns ein gutes Stück weiterhelfen, wenn wir wüssten, was die Suppe ungenießbar gemacht hat. Vielleicht führt uns das direkt zum Täter?«, überlegte Kim laut.
»Keine Chance. Das Lebensmittelamt hat alle Suppenreste mitgenommen«, antwortete Marie.
»Alle, bis auf …«, fing Franzi an.

Maries Augen begannen zu leuchten. »... den Rest deiner Suppe im privaten Kühlschrank der Bewohner. Franzi, das ist es! Hoffentlich ist sie noch da!« Sie stand auf, rief Chrissie irgendwas mit »Messer« und »selber holen« zu und schlüpfte in die Küche.

Eine Minute später war sie zurück. Mit einer verräterischen Beule unter ihrer Tunika. »Ich hab die Suppe in ein Schraubdeckelglas umgefüllt«, flüsterte sie. »Und jetzt?«

Kim schielte zu Hannes, der gerade hinter der Bar stand und ein Stück Nusskuchen abschnitt. »Vielleicht kann uns der ehemalige Biologie- und Chemielehrer helfen? Das wäre doch sein Fachgebiet, oder nicht?«

»Ich weiß nicht ... Können wir ihm denn vertrauen? Was ist, wenn er es selbst war? Schließlich kennt er sich mit giftigen Substanzen aus«, gab Marie zu bedenken.

»Also, ich habe meinen Chemiebaukasten nicht dabei. Und ihr ja sicher auch nicht.« Franzi verschränkte die Arme und zog eine Augenbraue nach oben. »Ich befürchte, uns bleibt gar keine andere Wahl. Wir müssen ihm ja nicht auf die Nase binden, was wir vorhaben. Wer fragt?«

Marie kicherte. »Ich. Ich habe meiner Schauspiellehrerin sowieso versprochen, ein wenig zu üben.«

Kurze Zeit später schnappte sich Marie den letzten Brotkanten aus dem Korb. »Geht klar. Wir können nach dem Frühstück zu ihm in den Bauwagen kommen. Natürlich habe ich nichts von der Suppe gesagt. Aber unser unstillbares botanisches Interesse hat ihn überzeugt. Und das Beste ist: Saskia und Thilo waren auch da. Keine Panik, sie haben nichts von der Suppe und von der Abmachung mit Hannes mitbekommen. Aber ich habe mir die Gläser gemopst, aus denen sie getrunken haben. Dann können wir Fingerabdrücke von ihnen nehmen. Wer weiß, für was das gut ist.«

»Das alles hast du in den letzten zehn Minuten organisiert?« Franzi sah Marie bewundernd an. »Unglaublich.«
»Danke. War gar nicht schwer. Muss an dem Power-Sonnenblumenkern-Aufstrich liegen. Ich platze vor Energie!« Schnell stellte sie die Frühstücksteller übereinander und trug den schwankenden Turm in die Küche.
»Das ist mir direkt unheimlich. Wenn das so weitergeht, schmieren wir Marie in Zukunft einfach ein Brot – den Powerspruch können wir vergessen.« Kim grinste und nahm das Schraubdeckelglas, in dem die Suppe schwappte. »Wenn unsere rasende Freundin zurückkommt, lasst uns einen Umweg über Willi und Helga nehmen. Ich muss etwas überprüfen.«

»Habe ich es mir doch gedacht!« Kim hob triumphierend einen Eimer hoch. »Der ist von gestern. Niemand hat in der Aufregung daran gedacht, den Schweinen die Kartoffelschalen und die Reste vom Gemüseputzen wegzunehmen. Nicht, dass da auch noch was Giftiges dabei ist.« Vorsichtig begutachtete sie den vollen Eimer. »Sieht alles normal aus. Wir sollten es trotzdem lieber mitnehmen, oder was meint ihr?«
Franzi nickte. »Gut, dass du dran gedacht hast. Und wir schlagen zwei Fliegen mit einer Klappe. Wir gehen sicher, dass Willi und Helga nichts fressen, was sie nicht fressen dürfen, und wir bekommen die Fingerabdrücke von Jonas. Der ist fürs Schweinefüttern zuständig.«
»Richtig, daran hatte ich gar nicht mehr gedacht«, meinte Marie. »Die Abdrücke sichern wir noch, bevor wir zu Hannes gehen.«
Sie gingen zur *Erdbeere* zurück. Kim holte ihr Fingerabdruckset hervor und pinselte den Eimer und die Gläser ein, die Marie mitgenommen hatte, und machte so die Fingerabdrücke sichtbar.
Zuerst sicherte sie mit einem Klebeband Saskias und Thilos Abdrücke, klebte sie in ihr Detektivtagebuch und schrieb die Namen

darunter. Dann nahm sie sich den Eimer vor. Merkwürdigerweise konnten sie nur einen Abdruck finden. Der musste von Jonas sein!
»Sag mal, was ist das denn eigentlich für ein Gemüse?«, fragte Marie, die die Schalen genauer unter die Lupe nahm. »Mit so einer grünen Schale?«
Franzi betrachtete das Gemüsestück genauer und zuckte mit den Schultern. »Das habe ich noch nie gesehen«, sagte sie. »Sieht aus wie eine Kartoffelschale, ist aber grün. Komisch.«
Kim nahm das Schraubdeckelglas mit der Suppe und öffnete es. »Also, wenn mich nicht alles täuscht, schwimmen so komische grüne Brocken auch in der Suppe. Ich würde sagen, das ist eine Frage für unseren Ex-Lehrer! Kommt mit!«

Hannes raufte sich die Haare. »Und das war zwischen den Küchenabfällen?«, fragte er. »Kein Wunder, dass wir alle mit Bauchkrämpfen und Erbrechen zu kämpfen hatten. Das macht das Solanin. Ein giftiger Stoff an den grünen Stellen einer Kartoffel.«
Kim sah den Biologielehrer ratlos an. »Aber Kartoffeln sind doch nicht grün«, wandte sie ein. »Und auch nicht giftig!«
»Die grünen Stellen eben schon«, meinte Hannes besorgt. »Die kommen von falscher Lagerung oder wenn die Kartoffeln zu viel Licht abbekommen haben. Normalerweise schneidet man die grünen Stellen großzügig weg. Wenn es zu viele sind, isst man die Kartoffeln besser gar nicht.«
»Als Köche müssen Thilo und Saskia das wissen. Diese grünen Kartoffeln hat also jemand absichtlich in die Suppe getan?«, fragte Franzi.
»Ja. Und nicht zu knapp. Geringe Mengen von dem Gift sind normalerweise nicht spürbar. Aus Versehen ist das bestimmt nicht passiert. Da muss jemand jede Menge grüner Kartoffeln in die Suppe geworfen haben«, meinte Hannes und seufzte. »Ich hatte eigentlich

gedacht, dass das gestern ein Unfall gewesen ist. Aber so, wie die Sache sich nun darstellt, müssen wir von einem gezielten Anschlag ausgehen.« Er ließ sich auf die Bank in seinem Bauwagen sinken. Seine Gesichtsfarbe war einem gelblichen Grün gewichen und er sah den Beweisstücken nun ähnlicher, als ihm bewusst war.

»Was machen wir denn jetzt nur?«, murmelte er mit Panik in der Stimme. »Das bedeutet, dass wir hier nicht mehr sicher sind. Was passiert morgen? Tomaten mit Zyankali? Blumenkohl mit Arsen? Und warum? Ich verstehe das alles nicht!«

»Sie können sich also niemanden vorstellen, dem das *Paradies* oder speziell das *Grünkohl* ein Dorn im Auge ist?«, forschte Marie weiter.

Hannes schüttelte den Kopf. »Jeder, dem es hier nicht gefällt, ist frei zu gehen. Wir leben mit den anderen Bewohnern von Hochdeich in Frieden und Harmonie, sie kaufen unser Gemüse und Obst, und auch mit der Kleiderfabrik sind wir in gutem Austausch.«

»Wir verstehen es auch noch nicht«, meinte Kim. »Aber wir ermitteln auf Hochtouren.«

Hannes sah Kim erstaunt an. »Ermitteln?«, fragte er verständnislos. »Ihr?«

Kim nickte. »Wir sind Detektivinnen«, erklärte sie. »Vertrauen Sie uns. Wenn Sie etwas Verdächtiges bemerken oder hören, bitte wenden Sie sich jederzeit an uns!«

DU BRAUCHST …

- 100 g Sonnenblumenkerne
- 50 ml Wasser
- 3 EL Olivenöl
- ½ Zehe Knoblauch
- ½ TL Salz
- 2 EL Zitronensaft
- 1 mittelgroße gekochte Rote Bete
- ½ Zucchini
- Pürierstab

SCHWIERIGKEITSGRAD:

- einfach

1-2-3-Power-Brotaufstrich

Dieser Brotaufstrich ist pure Nervennahrung für Detektivinnen. Sonnenblumenkerne stecken nämlich voller Vitamine und Nährstoffe. Und sind dabei richtig lecker!

1 Weiche die Sonnenblumenkerne für 12 Stunden in Wasser ein oder lasse sie 10 Minuten kochen. Schütte die Kerne dann durch ein Sieb ab.

2 Gib die Kerne in eine Schüssel und füge 50 ml Wasser, das Olivenöl, den Knoblauch, das Salz und den Zitronensaft dazu.

3 Püriere die Kerne mit dem Pürierstab zu einer cremigen Masse.

Kims Tipp

Füge zu deinem Aufstrich das Gemüse hinzu, das gerade Saison hat, z. B. Karotten, Sellerie oder Paprika. Frische Kräuter wie Basilikum oder Schnittlauch schmecken auch sehr gut darin!

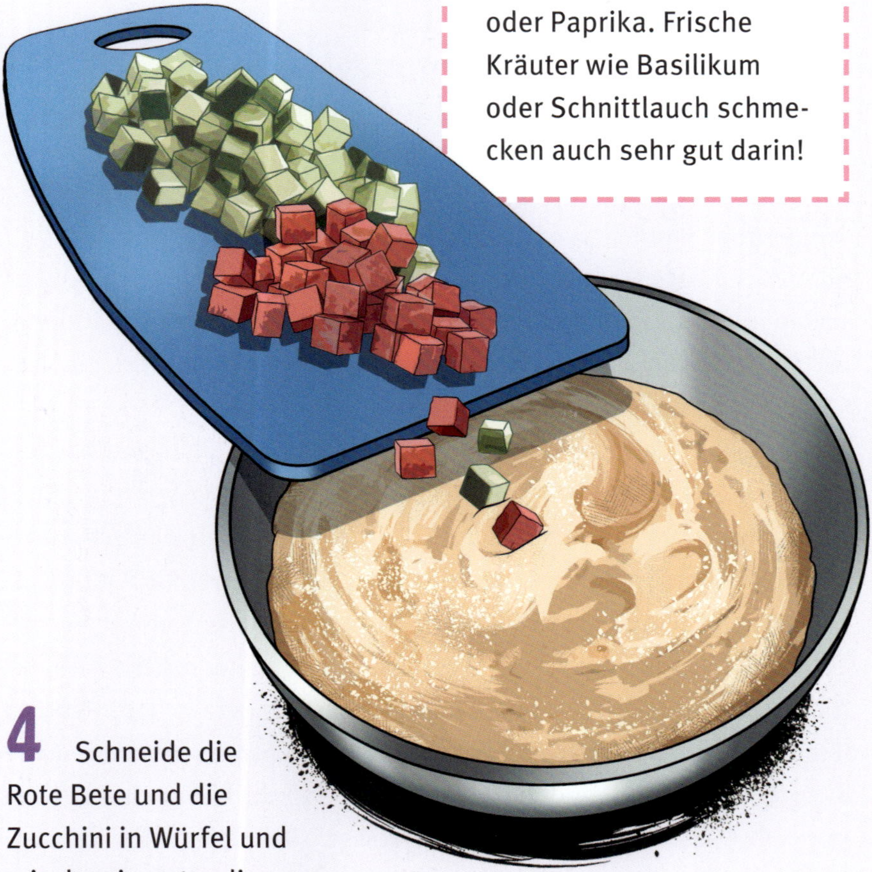

4 Schneide die Rote Bete und die Zucchini in Würfel und mische sie unter die Masse.

5 Es sollte eine streichfähige Masse entstehen. Falls die Masse zu fest ist, gib noch ein wenig Wasser oder Öl hinzu.

Keine leichte Kost

Es klopfte. »Hannes, bist du da?«
Die Stimme kannte Franzi. Es war Svea.
Hannes öffnete die Tür des Bauwagens und ließ sie herein. Als Svea die drei !!! sah, hob sie die Hand zum Gruß. Franzi bemerkte, dass ihre Augen ganz klein und verquollen waren.
»Was ist passiert?«, fragte Marie mitfühlend.
»Eigentlich wollte ich mit Hannes unter vier Augen sprechen«, sagte Svea. »Aber es ist gut, dass ihr hier seid. Schließlich wollt ihr mir helfen, den Fall aufzuklären, und da braucht ihr alle Informationen, die ihr kriegen könnt.« Sie setzte sich neben Marie, und Hannes stellte ihr eine dampfende Tasse Tee vor die Nase.
»Hier«, sagte er freundlich. »Trink. Du bist ja vollkommen fertig.«
»Danke!« Svea nippte an dem Tee und legte dann ein Schreiben vom Gesundheitsamt auf den Tisch. »Sie sind mit den Untersuchungen noch nicht fertig, aber wir dürfen das Restaurant bis auf Weiteres nicht aufmachen«, erzählte sie und Tränen stiegen ihr in die Augen. »Das alles wäre zu verkraften, aber gerade hatte ich das Treffen mit Frau Klatterer. Sie möchte keine Ratenzahlungen mehr akzeptieren. Und sie möchte auch keinen Teil des Geldes in Gemüse und Obst ausbezahlt bekommen. Sie sagt, sie kündigt den Vertrag, wenn sie nicht bis nächste Woche die Monatsmiete auf dem Konto hat. Wie soll das gehen? Seit gestern haben wir keine Einnahmen mehr. Wir dürfen nicht einmal den Hofladen öffnen.«
»Wie bitte?« Hannes machte große Augen. »Was ist denn in die liebe Frau Klatterer gefahren? Die war sonst so verständnisvoll.«

Svea zuckte traurig mit den Schultern. »Ich habe nicht die geringste Idee, was passiert ist. Sie war gestern schon so kühl. Kim, Marie und Franzi, ihr habt es ja mitbekommen.«
»Das stimmt«, bestätigte Marie. »Es war seltsam. Sie wirkte sehr kühl und geschäftsmäßig. Aber auch so, als sei ihr die ganze Sache extrem unangenehm.«
»Und das Gesundheitsamt hat noch keine Ergebnisse?«, fragte Franzi. »Denn wir wissen möglicherweise, warum uns die Suppe nicht bekommen ist.«
»Wie das? Ohne Probe?« Svea sah Franzi überrascht an. »Die Leute vom Amt haben doch alles mitgenommen.«
»Die Küchenabfälle hatte Jonas schon zu den Schweinen gebracht … und dann war da noch mein Suppenrest im Privatkühlschrank.«
Svea schlug sich an die Stirn. »Natürlich! Das hatte ich ganz vergessen. Ihr seid gut – richtig gut! Begabte Detektivinnen eben.«
Kim wurde rot. »Ach, das war doch eine unserer leichtesten Übungen«, sagte sie. »Außerdem hat Hannes die Analyse gemacht. Wir wussten mit den komischen grünen Brocken und Schalen erst gar nichts anzufangen. Sie sind uns nur aufgefallen.«
»Grüne Brocken und Schalen?«, fragte Svea.
»Jemand hat grüne Kartoffeln in die Suppe geschmuggelt. Viele!«, erklärte Hannes Svea. »Und der darin enthaltene Stoff Solanin hat die Beschwerden verursacht.«
»Das gibt es doch nicht«, meinte Svea erschrocken.
»Für uns steht fest: Jemand will das *Paradies* zerstören«, meinte Kim ernst. »Und besonders unheimlich ist: Dieser Jemand konnte einfach in die Küche spazieren, ohne dass es aufgefallen ist. Der Täter ist also mitten unter uns.«

»Habt ihr gesehen, wie verzweifelt Svea ist?«, fragte Franzi, als sie draußen auf den selbst gebauten Palettensofas saßen, um sich einen

Überblick über die Lage zu verschaffen. »Das war nicht gespielt. Für mich kommt sie als Täterin nicht infrage.«
Kim ließ den Stift mit der Spitze aufs Papier sausen. »Sie hat auch kein Motiv. Ich streiche sie nicht von der Liste, aber ich denke auch, wir sollten erst einmal allen anderen Spuren nachgehen«, meinte sie, zupfte sich eine Johannisbeere vom Stiel und steckte sie sich in den Mund. »Uah, ganz schön sauer.« Sie verzog das Gesicht. »Also weiter: Thilo und Saskia? Die beiden sind zwar noch in Schockstarre, wir müssen sie aber dennoch befragen. Für sie wäre es am leichtesten gewesen, die Kartoffeln unterzumischen.«
»Allerdings stehen sie als Koch und Köchin als Erste im Verdacht. Und sie setzen ihren Ruf aufs Spiel«, wandte Marie ein. »Das ergibt für mich erst mal keinen Sinn.«
»Und was ist mit Tulsi und Hannes?«, fragte Franzi. »Und Frau Klatterer?«
Doch sie bekam keine Antwort, denn in diesem Augenblick ordnete Kim ein paar lose Blätter in ihr Notizbuch. Dabei fiel es ihr zu Boden und blieb aufgeschlagen liegen. »Die Fingerabdrücke an den Rädern!«, murmelte sie. »Vor lauter Übelkeit und grünen Kartoffeln haben wir die gemopsten Räder ganz aus den Augen verloren.« Sie betrachtete die Seite und blätterte dann zu den Abdrücken von Saskia, Thilo und Jonas. Plötzlich stutzte sie und verglich hektisch zwei der Abdrücke. »Seht mal, ich denke, wir haben hier einen entscheidenden Hinweis!«
Franzi und Marie blickten Kim über die Schulter. Marie sah es sofort. »Der dicke Daumenabdruck vom Fahrrad ist der gleiche wie der auf dem Eimer«, rief sie aufgeregt. »Das heißt, Jonas hat die Fahrräder vom Bahnhof gestohlen?«
»Mm«, überlegte Franzi. »Es könnte darauf hindeuten. Allerdings ist es nicht der einzige Fingerabdruck, den wir auf den Rädern gefunden haben. Nur die anderen können wir nicht zuordnen. Es ist

allerdings schon komisch, dass Jonas' Abdrücke überhaupt drauf sind. Er hat schließlich ein eigenes Lasten-Rad zum Gemüseausfahren.«

»Und er mag das *Paradies* nicht«, gab Kim zusätzlich zu Bedenken. Sie blätterte um. »Ich habe mir notiert, an welcher Stelle am Rad wir welche Abdrücke gefunden haben«, sagte sie. »Es sieht wirklich nicht gut aus für Jonas. Seine Abdrücke waren überall zu finden. An der Lenkstange, am Rahmen und sogar am Sattel. Am Sattel waren sie sogar besonders deutlich.«

»Als Letztes wurden die Räder also geschoben oder getragen. Sonst wären die Fingerabdrücke verwischt«, schloss Kim. »Das heißt, wir haben Jonas in Sachen Fahrradklau überführt. Die nächste Frage ist nun: Heißt das auch, dass er so weit gehen würde, die Suppe mit grünen Kartoffeln zu vergiften?«

Franzi wehrte mit den Händen ab. »Nie und nimmer. Die Sache mit den Rädern, die würde ich ihm zutrauen. Aber die Gesundheit von allen Bewohnern und Gästen aufs Spiel setzen, nur um von hier wegzukommen? Nein, das glaube ich nicht!«

»Wir müssen ihn befragen.« Kim stand auf. »Vielleicht war er es doch und er hat das Ganze einfach nur falsch eingeschätzt? Los, wir suchen ihn!«

Sie machten sich auf den Weg durchs *Paradies*. Es war ruhig, ein paar Bewohner jäteten Unkraut in den Beeten. Kein Wunder, der Hofladen und das Restaurant waren geschlossen, also blieben auch die Besucher aus. Franzi kickte einen kleinen Stein nach vorne. Kim übernahm und dann Marie und plötzlich standen sie genau vor dem *Grünkohl*.

»Tulsi würde sagen, wir haben ganz spielerisch hierhergefunden«, kicherte Kim. Sie nahm Franzi den Stein ab und schoss ihn vorwärts. Direkt in einen Metallständer für Flyer und Broschüren hinein. Es

krachte und der Ständer kippte in Zeitlupe zur Seite. Der Inhalt schwappte wie eine bunte Papierwelle über den Weg.
»Tor!«, jubelte Kim. »Volltreffer!« Sie lief nach vorne, um den Ständer und die vielen Broschüren aufzuheben. Doch das war nicht so leicht, denn die Flyer waren völlig durcheinandergeraten.
Marie und Franzi knieten sich neben sie und begannen zu sortieren. Ein roter Flyer mit schwarzen Punkten darauf weckte Franzis Interesse. Sie besah ihn sich genauer.
»Svea gibt einen Workshop zum Thema selbst gebautes Marienkäferhotel. Das ist cool«, meinte sie.
Kim lachte. »Im Ernst, Franzi? Du willst auch noch eine Marienkäferzucht aufmachen«, fragte sie.
Franzi nickte ernst. »Das sind sehr nützliche Tiere. Blattläuse haben keine Chance gegen sie. Außerdem sind sie sehr niedlich. Als Kind bin ich im Karneval gerne als Marienkäfer gegangen!«
»Ich wäre dabei«, sagte Marie und hielt einen anderen Flyer in die Höhe. »Aber nur unter der Bedingung, dass ihr beiden mich zum Lach-Yoga begleitet. Diese Stunde bietet Tulsi auf Anfrage an.«
»Oh nein. Du hast uns schon eine normale Stunde eingebrockt. Lach-Yoga mache ich auf keinen Fall«, rief Kim entsetzt. »Lieber baue ich noch ein Hotel für Mistkäfer.«
Franzi musste laut lachen. Die Vorstellung, mit Kim an einer Lach-Yoga-Stunde teilzunehmen, war einfach zu komisch. Sie packte einen weiteren Haufen Flyer und versuchte, ihn zu einem ordentlichen Stapel zusammenzubündeln. Doch was war das? Eine zerfranste Papierkante kam ihr zwischen die Finger, es sah aus wie ein herausgerissener Zettel eines Ringblocks. Vorsichtig zog Franzi daran und faltete das Papier auseinander. Ein handgeschriebener Brief. Ihr Blick fiel zuerst auf die Unterschrift. *Thilo*, stand da.
Einen kurzen Moment rang sie mit sich selbst. Durfte sie den Brief überhaupt lesen? Oder musste sie ihn Thilo zurückbringen?

Ihre Neugierde siegte:

Liebe Emilia, las sie. *Ich verstehe dich sehr gut und kann deinen Wunsch, von hier fortzugehen, nachempfinden. Allerdings bin ich hin- und hergerissen. Auf der einen Seite stehst du. Wir verstehen uns super, und auch wenn wir erst seit Kurzem zusammen sind, kann ich mir mittlerweile nichts Schöneres vorstellen, als meine Zeit mit dir zu verbringen. Aber alles hinter mir lassen? Alles, was ich mir hier aufgebaut habe? Das* Grünkohl *ist ein toller Arbeitsplatz. Ich kann kochen – mit Gemüsen und mit Kräutern, die direkt neben mir wachsen. Die ohne künstlichen Dünger und so umweltfreundlich wie möglich gezogen wurden. Das finde ich so toll, dass ich plötzlich Unmengen von neuen Rezepten im Kopf habe. Außerdem lebe ich hier mit Menschen zusammen, die, wie ich, eine Vision von einem einfachen Leben fernab des üblichen Konsums haben. Wie du weißt, habe ich in der Vergangenheit schon an vielen Orten gewohnt, aber erst hier fühle ich mich wirklich zu Hause.*
Vielleicht überlegst du es dir noch einmal anders? Bitte, bitte, lass uns gemeinsam nach einer Lösung suchen. Ich bin sehr verliebt in dich und schon jetzt bist du Teil meines Herzens. Hier mein Vorschlag: Ich koche uns was und wir reden noch einmal in aller Ruhe? Sag bitte Ja!
In Liebe, Thilo.

»Erde an Franzi, Erde an Franzi«, sagte Kim und wedelte vor Franzis Nase herum. »In welche Broschüre hast du dich denn vertieft? Klassische Musik für Zucchini? Klangschalen-Massage für Wollschweine? Oder Brotbacken für Geistheiler?« Sie kicherte.
Doch Franzi ging nicht auf Kims Gestichel ein. Sie starrte auf das karierte Blatt und sagte: »Ich hab das Briefgeheimnis gebrochen. Aber jetzt haben wir definitiv eine Verdächtige mehr.«
Marie setzte sich neben Franzi. »Ich verstehe gar nichts. Wir brauchen nicht nur ganze Sätze, sondern auch sinnvollen Inhalt!« Sie

nahm ihr den Zettel aus der Hand. »Du musst keine Gewissensbisse haben. Wo kein zugeklebter Umschlag, da auch kein Briefgeheimnis«, sagte sie und wedelte mit dem Papier in der Hand Kim herbei. Dann las sie laut vor.

»Emilia«, murmelte Kim anschließend. »Das ist bestimmt die Emilia, die wir beim Mittagsessen getroffen haben. Damit hätte sie ein Hammermotiv! Wenn es das *Paradies* und das *Grünkohl* nicht mehr gibt, dann gibt es eben auch nichts mehr, was Thilo davon abhält, mit ihr zu kommen.«

»Ob sie allerdings glücklich wird, wenn er nur mitgeht, weil es das *Paradies* nicht mehr gibt? Und sie auch noch daran schuld ist?«, überlegte Franzi. »Also ich weiß nicht so recht.«

»Und noch etwas spricht dagegen«, meinte Marie. »Sie hat sehr viel von der Suppe gegessen. So viel, dass sie sogar im Krankenwagen behandelt werden musste. Man vergiftet doch nicht erst die Suppe und futtert dann drei Teller. Das ist ja Selbstverletzung.«

»Oder sehr, sehr klug.« Kim biss sich nervös auf die Oberlippe. »Denn so verdächtigt sie wirklich niemand. Niemand – außer uns!«

»Das klingt spannend. Darf ich mitverdächtigen?« Jonas stand plötzlich neben Kim. Sein Snakeboard hatte er lässig unter den Arm geklemmt und blickte die drei !!! erwartungsvoll an.

Franzi kniff die Augen zusammen. »Gerne«, sagte sie. »Wir wollten dich sowieso in unsere Ermittlungen einbeziehen.«

Jonas strahlte. »Endlich passiert hier mal etwas. Womit kann ich dienen?«

»Mit einem Geständnis!«, antwortete Franzi bitter.

Sofort wurde Jonas sichtlich nervös. »W... was meint ihr? Ich habe mit der Suppe nichts am Hut«, stotterte er.

»Das klären wir später«, fuhr Kim fort. »Aber zuerst müssen wir über die Fahrräder sprechen. Warum hast du sie vom Bahnhof gestohlen und dann in den Hecken hinter dem Komposthaufen versteckt?«

»Aber woher wisst ihr das?« Jonas wurde abwechselnd rot und weiß um die Nasenspitze. Unter seinem Baseballkäppi lief ihm ein dicker Schweißtropfen die Schläfe hinunter.
»Wir haben so unsere Methoden ...« Kim ließ ihn noch ein wenig zappeln.
»Schon mal was von Fingerabdrücken gehört? Das nächste Mal – das es hoffentlich nicht geben wird – solltest du besser Handschuhe tragen.«
Jonas starrte auf seine zerschlissenen Turnschuhe. »'tschuldigung«, sagte er. »Ich wollte nichts Böses tun. Es ist nur so schrecklich langweilig hier und meine Mutter nervt.«
»Was meinst du damit, dass deine Mutter nervt? Svea ist ziemlich cool, finde ich«, wandte Franzi ein.
Jonas zuckte mit den Schultern. »Ist mir einfach zu krass hier. Im Prinzip finde ich es ja okay, was meine Mutter hier aufgezogen hat. Sie ist mir aber zu heftig. Denn was ist schon dabei, sich mal 'ne Banane zu kaufen, die von weiter weg kommt. Oder im Winter mal ein anderes Gemüse außer Kohl und Steckrüben zu essen. Man muss ja nicht gleich das ganze Jahr über frische Erdbeeren auf dem Teller haben. Versteht ihr, was ich meine? Noch dazu gibt es in Hochdeich nicht mal ein Kino. Und ich sitze hier seit fünf Jahren fest!«
»Aber was hattest du denn davon, uns den Weg hierher laufen zu lassen?«, fragte Kim.
»Das ging überhaupt nicht gegen euch. Ich kannte euch ja zu dem Zeitpunkt gar nicht. Ich wollte einfach, dass meine Mutter sich ärgert und dass sie merkt, wie stressig es ist, mit den Uralt-Rädern das Gemüse auszufahren. Ich habe da einfach keine Lust mehr drauf. Ständig muss ich mithelfen. Hauke Lübbers, der Sohn vom *Green Look*-Chef, hat mir dabei geholfen, die Räder auf seinem Pick-up zu transportieren. Ich habe ihm einfach vorgeschwindelt, dass es ein Notfall ist.«

Jonas guckte zerknirscht. »Bitte, sagt meiner Mutter nichts. Die ist sowieso schon sauer, weil ich mich heute Morgen vor der Karottenernte gedrückt habe. Aber ich schwöre euch bei meinem Snakeboard – mit dem Anschlag auf das *Grünkohl* habe ich nichts zu tun!«
Franzi sah Kim und Marie an. Sie wusste sofort, dass die beiden Jonas nicht mehr verdächtigten, die grünen Kartoffeln in die Suppe gegeben zu haben. Und sie glaubte ihm auch.
»Kannst du uns etwas über Thilo und Emilia erzählen?«, fragte Kim.
Jonas rieb sich die Hände und grinste: »Ich bin also raus aus der Verdächtigennummer und darf selber mitverdächtigen? Ist wusste gleich, dass ihr cool seid!«
Jonas war gar nicht mehr zu stoppen. Er erzählte ihnen über Emilia und Thilo, was er wusste.
Wie sich Thilo über Monate hinweg in Emilias Herz gekocht hatte. Und Emilia ihm stets die neuesten T-Shirts von *Green Look* zum Testen mitgebracht hatte. Bis sie sich vor drei Wochen beim großen Johannisfeuer zum ersten Mal geküsst hatten. Er stellte auch klar, dass er sich nicht im Traum vorstellen konnte, dass Emilia hinter dem Giftanschlag stand.
»Wenn ihr mich fragt, solltet ihr eher mal an diese alte Schlange Klatterer denken«, schloss er. »Svea und die anderen raffen es nicht, aber mir kam sie von Anfang an total falsch vor!«
»Du meinst, Frau Klatterer wollte das *Paradies* von Anfang an nicht auf ihrem Grundstück haben?«, fragte Franzi misstrauisch.
Jonas nickte. »Ich habe mal heimlich ein Telefonat von ihr belauscht. Und da hat sie gesagt, dass es wahrscheinlich ein großer Fehler war, das Gelände an meine Mutter zu vermieten. So rein finanziell.«
»Nun ja, das könnte sogar stimmen. Aber Svea hat ja erzählt, dass Frau Klatterer stets das Projekt unterstützen wollte. Das heißt also noch gar nichts!«, erwiderte Marie. »Trotzdem hast du recht, wir

haben sie schon auf der Liste. Seit gestern benimmt sie sich nämlich hochverdächtig. Sie will keine Ratenzahlungen mehr zulassen.«

»Ich sage doch, dass mit der Frau was nicht stimmt«, meinte Jonas. »Ein Beweis mehr. Und apropos nicht stimmen. Ich an eurer Stelle würde mir auch mal diesen Jochen Klüsterbach vornehmen. Ich meine, welcher vernünftige Mensch verkleidet sich als Yoga-Guru und nennt sich Tulsi Singh. Der hat doch nicht mehr alle Mantras auf dem Kasten! Er hat das neueste Handy und ein echt geniales Rennrad. Und dann wohnt er in einem Bauwagen und setzt sich einen Turban auf den Kopf? Passt für mich nicht so richtig zusammen. Er ist erst seit ein paar Wochen hier und mich nervt ein bisschen, wie alle auf ihn abfahren. Ich bitte euch: Lach-Yoga? Im Ernst?«

»Nee«, kicherte Marie. »eben nicht. Das Gegenteil von Ernst. Aber danke für die Info. Dass Tulsi die Technik so liebt, wussten wir wirklich nicht. Wir werden ihn ebenfalls genauer unter die Lupe nehmen. Genau wie Frau Klatterer. Du hast uns enorm weitergeholfen.«

DU BRAUCHST …

- 1 große Konservendose
- Dosenöffner
- Hammer
- umweltverträgliche Lackfarben
- Pinsel
- Wellpappe
- Schere
- Zweige

SCHWIERIGKEITSGRAD:

- mittel

Punkte mit deinem Marienkäferhotel!

Marienkäfer sind besonders hübsch. (Das findet nicht nur Marie ☺.) Und sie sind wichtige Nützlinge. Sie fressen Schädlinge wie z. B. Blattläuse. In diesem Marienkäferhotel finden die kleinen Krabbeltiere Schutz.

1 Entferne den Deckel der Konservendose. An den scharfen Kanten kannst du dich verletzen. Deshalb hämmere die scharfen Kanten glatt. Lass dir dabei von einem Erwachsenen helfen.

2 Mal die Dose in deinen Lieblingsfarben an und lasse sie gut trocknen.

3 Schneide die Pappe in Streifen. Die Breite der Streifen richtet sich nach der Höhe deiner Dose. Lege die Dose auf die Pappe und miss so die Breite ab. Die Steifen müssen dabei etwas schmaler sein, als die Dose hoch ist, damit sie hinterher nicht aus der Dose herausragen.

4 Lege die Streifen dann übereinander und rolle sie straff zusammen. Nimm so viele Streifen, dass sie fest sitzen, wenn du sie in die Dose steckst. In der Mitte entsteht ein kleines Loch.

5 Stecke die Zweige in das kleine Loch in der Mitte. Sie dienen den Käfern als Landebahn.
Hänge dein Marienkäferhotel in eine Hecke. Achte darauf, dass die Öffnung tiefer hängt als das geschlossene Ende, sodass die Pappe bei Regen nicht nass wird.
Es ist außerdem günstig, die Öffnung nach Süden auszurichten.

Franzis Tipp

Du kannst in deiner Dose auch verschiedene »Zimmer« bauen. Befülle einen Teil der Dose mit Bambusstängeln oder Schilf. Diese schneidest du mit einer Gartenschere auf die Länge deiner Dose.

Farbmuster

Nachdem Jonas gegangen war, bogen die drei !!! in die Gärtnerei ab, in der sich ein Gemüsebeet an das andere reihte. Neben jeder Pflanze steckte ein bunt bemaltes Holztäfelchen, auf dem der Name der Pflanze stand.

»Das, was Jonas über Tulsi erzählt, finde ich auch merkwürdig«, überlegte Kim und zog die Nase kraus. »Er tut doch alles dafür, dass jeder denkt, ihm sind teure Sachen wie Handys und Räder nicht wichtig. Scheint anders zu sein. Warum ist er nicht ehrlich? Das macht ihn verdächtig.«

»Vielleicht sollten wir unsere Hände in die Erde stecken und warten, bis uns die zündende Idee kommt«, schlug Franzi vor. »Das Gehirn kann sich bei der Gartenarbeit ausruhen und ZACK! ist die Lösung da.«

Marie betrachtete ihre blau lackierten Nägel. »Können wir das auf später verschieben?« Dann strich sie über ihre leichte Tunika. »Ich würde wahnsinnig gerne meine Arbeit mit meiner Leidenschaft verbinden«, sagte sie. »Bei *Green Look* könnte ich ein Kleidungsstück passend zur Farbe meines Nagellacks suchen und dabei vielleicht Emilia über Thilo ausquetschen.«

»Ich dachte immer, Detektivin sein ist deine Leidenschaft«, antwortete Kim ein wenig mürrisch.

»Ja, natürlich«, antwortete Marie schnell. »So habe ich das gar nicht gemeint. Nur weil wir hier im Paradies so nah an einem zweiten Paradies sind: dem Lagerverkauf von *Green Look*.«

Kim lachte. »Okay, verstanden. Was meinst du, Franzi? Erfüllen wir Maries Wunsch?«

»Das machen wir!« Franzi zippelte an ihrem verwaschenen T-Shirt herum. »Genau genommen, bräuchte ich sicher dringender ein neues Shirt als Marie.«
Ein blonder Wuschellockenkopf wurde zwischen zwei Staudentomaten sichtbar. Emilia!
Wie lange war sie bereits in der Nähe gewesen? Hatte sie mitbekommen, was Jonas über sie erzählt hatte?
»Hallo, schön euch zu treffen!«, sagte sie freundlich.
»Geht es dir wieder besser?«, meinte Kim.
Emilia nickte. »Viel besser. Die letzte Nacht habe ich allerdings im Krankenhaus verbracht. Vorsorglich. Am Abend hatte ich das Schlimmste überstanden. Trotzdem schone ich mich noch etwas und gehe heute nicht zur Arbeit. Aber die frische Luft und die Pflanzen tun mir gut.« Sie nahm eine kleine Tomate zwischen die Finger und fühlte, ob sie schon reif war. »Schreckliche Sache, oder?«, sagte sie bedrückt. »Wer tut denn so etwas?«
»Das versuchen wir gerade herauszubekommen«, meinte Franzi. »Wir sind Detektivinnen und haben schon die kniffligsten Fälle gelöst. Und wir würden auch dir gern ein paar Fragen stellen: Wohnst du hier im *Paradies*?«
Emilia zeigte auf einen mit Kletterrosen berankten, roten Bauwagen, der zwischen der *Erdbeere* und Hannes' Bauwagen stand. »Ja, in der *Himbeere*!«
»Dann kennst du die Bewohner hier?«, wollte Kim wissen.
»Ja, sehr gut sogar. Ich bin sofort nach der Gründung hier eingezogen. Das ist jetzt fünf Jahre her. Ich würde euch wirklich gerne helfen, aber ich bin selbst total schockiert und überlege dauernd, warum und wer? Das Schlimmste ist, dass Thilo, mein Freund, nun einer der Hauptverdächtigen ist. Er hat die Suppe schließlich gekocht. Als er mich heute Morgen vom Krankenhaus abgeholt hat, war er ganz still und traurig. Er weiß einfach nicht, wie es weitergehen soll. Das

alles hier – das *Paradies* und vor allem das *Grünkohl* – bedeuten ihm eine Menge. Wie wollt ihr weiter vorgehen?«
Franzi überlegte blitzschnell. Emilia war eine der Verdächtigen. Sie durften auf keinen Fall zu viel verraten. »Gerade machen wir eine Pause«, sagte sie deshalb und zeigte auf Maries Fingernägel. »Wir haben uns gefragt, ob es bei *Green Look* Shirts geben könnte, die zu diesem unglaublich blauen Blau passen.«
Emilias Augen begannen zu strahlen. »Da seid ihr bei mir goldrichtig! Ich arbeite als Assistentin der Geschäftsführung und habe alle Muster der Kollektionen in meinem Büro. Wenn ihr Lust habt, wasche ich mir nur schnell die Hände und dann zeige ich euch, was wir an Neuem haben. Und in den anderen Abteilungen kann ich euch auch herumführen!«
Das lief ja besser als geplant! Franzi, Kim und Marie sahen einander zufrieden an.
»Das wäre super, Emilia«, antwortete Marie. »Wir nehmen dein Angebot gerne an.«

Zehn Minuten später gingen die drei !!! zusammen mit Emilia durch die Eingangshalle von *Green Look*. Genau wie die Außenfassade war auch innen alles mit Lärchenholz verschalt, was der Firma ein gemütliches und freundliches Aussehen verlieh. Eine alte Mooreiche war in das Gebäude mit eingebaut. Emilia erklärte, dass der alte Lübbers sie nicht hatte fällen wollen, und so hatten sie diese tolle Lösung gefunden.
»Hast du es nicht ausgehalten ohne uns?«, fragte der Mann hinter dem Empfangstresen. »Du solltest im Bett liegen!«, sagte er mit gespielter Strenge.
»Ich lege mich gleich wieder hin, versprochen.« Emilia grinste und hielt die Hand nach oben. Der Mann schlug zum *High Five* ein und ließ sie durch. »Das ist nur ein Besuch – mit Besuch! Hauke

Lübbers hat mir die ganze Woche freigegeben. Damit ich mich erholen kann.«
»Viel Spaß«, wünschte der Mann.

»*Green Look* ist klimaneutral«, erklärte Emilia. »Das Gebäude, die Fertigung und auch die Produkte. Das schaffen wir, indem wir die Energien von Sonne, Wind und Wasser verwenden. Wir versuchen, so wenige Geschäftsreisen wie möglich zu unternehmen, achten auf ein papierfreies Büro und haben eine umweltfreundliche Heizung.«
»Und das Färben der Stoffe, das Nähen der Kleidung, findet das alles hier im Haus statt?«, fragte Franzi.
»Das meiste, ja! Und darauf sind wir sehr stolz. Jeder Faden, jeder Knopf und jede Öse ist unter fairen Bedingungen produziert und von höchster Qualität. Unsere Stoffe sind mit Pflanzenfarben gefärbt. Beispielsweise verwenden wir Kurkumaextrakte, um gelbe Farbe herzustellen, und überreife Brombeeren für Lila. Die Färbung ist zarter als mit chemischer Farbe, aber ich finde es sehr hübsch!«, schwärmte Emilia und führte sie weiter durch einen hellen Flur in ihr Büro.
Der Raum war großzügig geschnitten und neben dem Holzschreibtisch hingen Kleider in bunten Farben an offenen Kleiderstangen.
Franzi schnupperte. Es roch völlig anders als in den Läden, die sie kannte. Alles hatte eine würzige, nach Kräutern riechende Note.
Marie stürmte sofort auf die blauen Oberteile zu und hielt ihre Fingernägel dagegen. »Schön«, murmelte sie. »Das passt genau!« Sie zog eine luftige Bluse heraus, die mit kleinen Troddeln am Saum verziert war.
»Das wurde mit der Indigopflanze gefärbt«, erklärte Emilia. »Probiere sie ruhig an, ob sie passt!«
Das ließ sich Marie nicht zweimal sagen. Schnell schlüpfte sie in die Bluse.

»Das sieht schön aus zusammen mit deinen Augen und deinen Nägeln«, meinte Franzi bewundernd. »Nicht, dass ich etwas anderes erwartet hätte!«
Marie überlegte und griff dann zu einem zartgrünen T-Shirt. Dann gab sie Franzi ein lilafarbenes und Kim eines in einem zarten Pink. »Das ist es!«, sagte sie bestimmt. »Unsere Clubfarben! Diese T-Shirts kaufen wir!«
Emilia schüttelte energisch den Kopf. »Auf keinen Fall, das geht leider nicht!«
Kim, Franzi und Marie sahen sie enttäuscht an. »Ach so, das sind Muster, richtig?«, fragte Kim und reichte Emilia das T-Shirt zurück. »Sie sind unverkäuflich«, stimmte Emilia zu und grinste breit. »Und zwar deshalb, weil ich sie euch schenken möchte!«
Eine Frau in einem weißen Kleid klopfte an die Glastür von Emilias Büro. »Hallo, Manni von der Rezeption hat mir verraten, dass du da bist. Hauke ist im Haus und würde dich gerne etwas fragen. Es ist dringend. Meinst du, du könntest fünf Minuten in den Besprechungssaal kommen?«
»Klar, Mona!«, antwortete Emilia. »Ich bin gleich da.« Dann wandte sie sich an die drei !!!.
»Könntet ihr kurz hierbleiben? Unser Chef, Herr Lübbers, möchte den Betrieb in Kürze an seinen Sohn Hauke weitergeben. Es soll so reibungslos wie möglich ablaufen und Hauke bemüht sich, alle Abteilungen zu besuchen und auch mitzuarbeiten, um die Firma von Grunde auf zu verstehen und im Sinne seines Vaters weiterzuführen. Wir unterstützen ihn natürlich gerne dabei. Danach zeige ich euch noch, was ihr sehen wollt!«
»Selbstverständlich«, antwortete Kim. »Wir warten hier auf dich.«
Emilia verschwand durch die Glastür und eilte den Flur entlang.
»Das ist supernett von Emilia«, sagte Marie, zog sich das grüne Shirt über und drehte und wendete sich vor dem Spiegel. Dann nahm sie

das brombeerfarbene Shirt von Franzi und schnüffelte daran. »Wir müssen unbedingt Tessa von diesen Farben erzählen. Ich weiß, dass ihre Farben auch schadstofffrei sind, aber diese hier riechen besonders gut. Vielleicht kann sie mal eine Kollektion mit Pflanzenfarben machen?«
Maries Stiefmutter Tessa hatte vor einiger Zeit das Öko-T-Shirt-Label *Think Nature* gegründet und war damit sehr erfolgreich.
»Gute Idee«, stimmte Franzi zu. »Aber vor lauter Klamotten vergisst du, dass wir als Detektivinnen unterwegs sind. Natürlich warten wir nicht brav in Emilias Büro. Wir sehen uns ein wenig auf eigene Faust um!«
»Hast ja recht«, meinte Marie. »Und wo fangen an?«
»Dort, wo gerade bestimmt niemand ist und wo man normalerweise die geheimsten Informationen findet«, schlug Kim vor. »Im Büro des neuen Chefs. Hauke Lübbers.«
Sie öffneten vorsichtig die Tür und prüften, ob die Luft rein war. Dann schlichen sie auf den Flur.
Vorbei an geschlossenen Türen. »Da!« Kim zeigte auf das Türschild der nächsten Tür. »Hauke Lübbers. Und die Tür ist sogar offen!«
Sie versicherten sich noch einmal, dass niemand sie sah und schlüpften in das Chefbüro.
Franzi fiel sofort ein merkwürdiger stechender Geruch auf. »Puh«, sagte sie und rümpfte die Nase. »Das riecht hier aber völlig anders als bei Emilia.« Sie stürzte zum Fenster und öffnete es.
Kim nickte. »Das ist schon kein Geruch mehr, sondern eher ein Gestank. Richtig giftig. Ich kann gar nicht mehr atmen. Was in aller Welt ist das nur?«
Marie hielt sich die Nase zu und trat hinter den mächtigen Schreibtisch, der in der Mitte des Raumes stand. »Kommt mal her!«
Franzi und Kim traten zu Marie und knieten sich neben sie. Unter dem Schreibtisch stand ein Karton mit Stoffproben. Bevor Franzi

jedoch überprüfen konnte, ob der Geruch tatsächlich daher rührte, tauchte ein wutschnaubendes Gesicht über ihnen auf.

»Was macht ihr in meinem Büro?«, schnauzte Hauke Lübbers sie an. »Los, raus. Ihr habt hier nichts zu suchen. Verschwindet!«

KRESSE
11.18.5.19.5.
2.1.19.9.12.9.11.21.13.

DU BRAUCHST …

- saubere Eisstiele aus Holz
- ungiftige, wasserfeste Farben, z. B. Filzstifte

SCHWIERIGKEITS-GRAD:

- einfach

Was-Wächst-Wo?-Beetstecker für echte Detektivinnen

Du hast ein Kräuterbeet gepflanzt und möchtest den Überblick behalten, was wo wächst? Aber du möchtest es anderen nicht verraten? Hier kommt die Lösung!

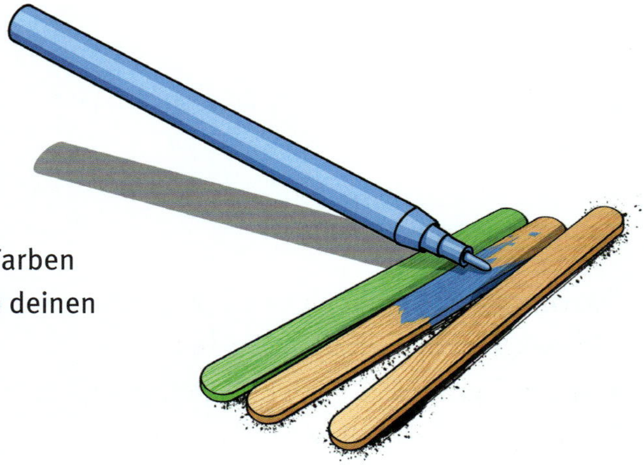

1 Bemale die Holzstiele in den Farben der drei !!! (oder in deinen Lieblingsfarben).

A	B	C	D	E	F	G	H	I	J	K	L	M
1	2	3	4	5	6	7	8	9	10	11	12	13
N	O	P	Q	R	S	T	U	V	W	X	Y	Z
14	15	16	17	18	19	20	21	22	23	24	25	26

2 Welche Kräuter hast du gesät? Kresse? Minze? Basilikum? Codiere die Beschriftungen so, dass nur du sie entschlüsseln kannst.
Findest du heraus, was Kim, Franzi und Marie gepflanzt haben?

Franzis Tipp

Probiere auch andere witzige Verschlüsselungs-Möglichkeiten aus.
Lasse alle Vokale (a, e, i, o, u) weg. So wird aus Basilikum: Bslkm.
Wiederhole jede Silbe. So wird aus Minze: Minminzeze.

Rot sehen und Rot riechen

Die drei !!! tauschten einen erschrockenen Blick. Marie stand auf und zwinkerte Kim und Franzi zu.

»Guten Tag, mein Name ist Marie Grevenbroich.« Marie setzte ihr freundlichstes Lächeln auf. »Das sind meine beiden Freundinnen Kim Jülich und Franziska Winkler. Wir sind Gäste im *Paradies*«.

Auch Kim und Franzi rutschten unter dem Tisch hervor und lächelten so unschuldig wie möglich.

»Und was macht ihr in meinem Büro unter dem Schreibtisch?«, fragte Hauke Lübbers. »Wir sind hier nicht im *Paradies*, wo jeder einfach überall rein- und rausspazieren kann.« Wütend knallte Lübbers das gekippte Fenster zu.

»Eher in der Hölle«, raunte Kim ihren Freundinnen zu.

»Die Tür stand offen«, begann Marie. »Und unter ihrem Tisch saß eine Biene auf dem Boden, die hatte Durst und musste wieder in die Freiheit an die frische Luft.«

»Franziska ist Bienenflüsterin«, sagte Kim ernst. »Sie hat die Biene wieder ausgesetzt.«

Franzi nickte. »Genau, wir brauchen ja jede Biene zur Bestäubung. Auch viele Insekten sind ja vom Aussterben bedroht.«

»Und wenn die Bienen nicht mehr die Blüten bestäuben, können Sie in ihrer Firma gar nicht mehr die tollen Öko-Pflanzen-Farben herstellen«, ergänzte Kim.

»Na, das dauert aber noch«, sagte Hauke Lübbers ungeduldig.

Franzi merkte erleichtert, dass er ihnen ihr Ablenkungsmanöver abgenommen hatte.

»So, und jetzt geht mal wieder Insekten retten, aber draußen.«

Lübbers setzte sich an seinen Schreibtisch und Franzi beobachtete, wie er den Karton darunter weiter an die Wand schob. »Wie seid ihr überhaupt hier hereingekommen?«
»Ich habe die drei hereingelassen«, sagte Emilia, die dazukam und den Mädchen einen vorwurfsvollen Blick zuwarf. »Ich wollte ihnen mein Büro und die neue Kollektion zeigen.«
Marie zuckte mit den Schultern. »Entschuldigung, wir haben uns wohl verlaufen.«
»War das bei meinem Vater immer so?«, fragte Hauke Lübbers. »Tag der offenen Tür das ganze Jahr? Das geht nicht. Schließlich müssen wir uns auf unsere Arbeit konzentrieren!«
»Entschuldigung, Herr Lübbers«, sagte Emilia und gab den Mädchen Zeichen. »Kommt, wir lassen Herrn Lübbers jetzt mal in Ruhe.«
»Emilia, können Sie bitte gleich noch mal in mein Büro kommen?«, rief Herr Lübbers ihnen zu, als die vier den Raum verließen.
»Alles klar«, flötete Emilia, »ich begleite die Mädchen nur noch heraus.«

»Was hattet ihr denn in Lübbers Büro zu suchen?«, fragte Emilia die Detektivinnen, als sie an der Mooreiche und Manni vorbei zum Ausgang liefen.
»Es hat so seltsam gerochen«, meinte Franzi.
»Wir wollten nur schnell lüften«, erklärte Kim. »Und dann haben wir Schritte gehört und es war uns unangenehm.« Hinter Emilias Rücken legte Kim den Finger an den Mund, was so viel hieß wie: Lasst uns weiter undercover vorgehen.
»Ich hätte noch so viele Fragen an dich. Zu den Farben und den Designs«, sagte Marie.
»Kommt mich doch nachher mal in meinem Wagen besuchen«, schlug Emilia vor.
»Sehr gerne!«, freute sich Franzi.

»Schade, ich hätte sie so gern gleich mal ausgehorcht zum Thema Thilo«, sagte Kim und hob eine Muschel auf.
Franzi blickte aufs Meer. »Das machen wir nachher. Jetzt ...«, sie holte tief Luft. »... atmen wir erstmal die gute Meeresluft ein.«
»Stimmt, der Gestank in dem Büro von Lübke war furchtbar.« Marie rümpfte die Nase. »Das waren doch Stoffproben in dem Karton, oder?«
»Ja, echt komisch«, bestätigte Franzi. »Und warum war der so unfreundlich?«
»Na ja, immerhin sind wir unbefugt in sein Büro gegangen und hockten unter dem Schreibtisch.« Kim zog sich ihre Schuhe aus und lief zum Wasser.
»Findet ihr nicht, dass er so reagiert hat, als hätte er etwas zu verbergen?« Franzi hatte ebenfalls ihre Schuhe ausgezogen. Sie lief über den Sand und fand einen schönen runden Stein, den sie in ihre Tasche steckte. Beim Wasser angekommen, schwappte eine Welle über ihre Füße. Als sie zurückfloss, fühlte es sich so an, als würde der Meeresboden unter den Füßen mitgezogen. Ihre Zehen verschwanden immer mehr unter dem Sand. Plötzlich schwamm ein kleiner Fisch vorbei. Oder schwamm er gar nicht? Franzi bückte sich und merkte, dass er tot war und die Wellen ihn nur mitrissen.
Sie atmete tief durch, da stieg ihr neben dem salzigen Meergeruch noch etwas anderes in die Nase. Der Geruch erinnerte sie an den im Büro von Hauke Lübbers. Sie schnupperte am Ärmel ihres Longsleeves, aber der roch wie immer. Franzis Blick fiel auf das Rohr, das die gefilterten Abwässer der Firma *Green Look* ins Meer leitete.
»Riecht ihr das auch?«, fragte sie ihre beiden Freundinnen, die ihre Gesichter Richtung Sonne streckten.
Kim schnupperte in die Luft. »Was denn?«
Franzi näherte sich der Rohrmündung, aus der das Wasser der Firma *Green Look* ins Meer geleitet wurde. »Hier riecht es ein bisschen so wie bei Herrn Lübbers im Büro«, erklärte sie. Sie holte ihre

Wasserflasche aus der Tasche und trank sie in einem Zug aus. Dann ließ sie Meerwasser hineinlaufen.
»Was hast du damit vor?«, fragte Marie.
»Ich möchte Hannes fragen, ob er das für uns untersuchen kann«, erklärte Franzi.
»Gute Idee.« Marie sah zu dem Betonrohr, aus dem Wasser strömte. »Sicher ist sicher.«

Nach ihrem Strandspaziergang liefen die Freundinnen zurück ins *Paradies*. Hannes war beim Kartoffelfeld, bog das Grün hin und her und schielte auf die Erde. »Na, habt ihr schon neue Erkenntnisse gesammelt?«
»Wir sind dran«, erklärte Franzi.
»Die Kartoffeln sehen übrigens alle gut aus«, berichtete der ehemalige Biologielehrer. »Und wir ernten sie momentan frisch für das Restaurant.«
»Was auch dafür spricht, dass jemand absichtlich schlechte Kartoffeln in die Suppe gemischt hat«, folgerte Marie.
Franzi zog ihre Wasserflasche aus dem Beutel. »Können Sie auch Wasserproben untersuchen?«
Hannes stand auf. »Ja, klar. Das war früher mein Spezialgebiet. Ich habe mit einem Biologie-Leistungskurs oft Wasserproben aus Flüssen genommen und ihre Schadstoffbelastung gemessen.«
Franzi reichte ihm die Flasche. »Könnten Sie das Meerwasser untersuchen? Es hat am Strand so seltsam gerochen.«
»Mache ich gern!« Der ehemalige Biologielehrer nahm die Flasche und verschwand.
»Da seid ihr ja!« Emilia kam über den Steinweg auf sie zu.
»Hattest du Ärger mit deinem neuen Chef?«, fragte Marie.
»Nein, er hat euch die Bienen-Nummer abgenommen«, sagte Emilia. »Aber ich nicht.«

»Wir wollten uns einfach nur umsehen, ehrlich«, beteuerte Marie.
Emilia seufzte. »Und was habt ihr unter dem Schreibtisch von Herrn Lübbers gemacht?«
»Wie gesagt: Wir haben Schritte gehört und dachten, dass es vielleicht doch nicht so toll ist, in einem fremden Büro zu sein, da sind wir auf Tauchstation gegangen«, erklärte Marie schnell.
Kim räusperte sich. »Es tut uns wirklich leid.«
»Ja, sehr«, bestätigte Franzi.
»Ach, kommt, so schlimm ist es auch nicht.« Emilia pustete sich eine Locke aus der Stirn. »Wollen wir in der *Himbeere* einen Früchtetee zusammen trinken?«
Die Freundinnen betraten nach Emilia den Bauwagen *Himbeere*. Die Außenfassade war himbeerrot gestrichen. Innen war es sehr aufgeräumt, die Wände waren zartrosa, die Knäufe an der Kommode und am Wandschrank hatten die Form kleiner Himbeeren.
»Ist das süß.« Marie befühlte einen der Knäufe, dabei ging der Schrank einen Spaltbreit auf. Franzi sah, dass Marie einen Blick hineinwarf und den Schrank schnell wieder schloss. Sie schielte zu Emilia, die gerade Becher mit Himbeermotiv aus einem Regal nahm und Tee aus einer Thermoskanne hineingoss.
»Wie bist du eigentlich ins *Paradies* gekommen?«, fragte Kim, die sich auf einem Korbstuhl niedergelassen hatte.
»Ich habe mich schon immer für ökologische Mode interessiert und trage auch nur Mode aus fairer Herstellung oder aus dem Secondhand-Geschäft«, berichtete Emilia. »In Hansehafen, meiner Heimatstadt, habe ich noch während der Schulzeit einen Kleidertauschring ins Leben gerufen. Wir haben Partys veranstaltet, auf denen die Gäste Kleidung, die sich nicht mehr trugen, tauschen konnten.«
»Das ist echt eine gute Idee. So hat man immer wieder etwas Neues, aber kaum etwas dafür bezahlt«, fand Kim.

»Ja, und dann müssen weniger Kleidungsstücke produziert werden«, ergänzte Franzi.
Marie wiegte den Kopf hin und her. »Aber ab und zu möchte ich mir schon mal etwas Neues gönnen.«
»Das ist auch total okay.« Emilia öffnete das kleine Fenster. »Selbst Kleidungsstücke, die nicht mehr getragen werden, kann man für andere Zwecke nutzen. Zum Beispiel kann man Geschenke in schöne Stoffe verpacken. So spart man Plastik und Papier«, erzählte Emilia. »Ich habe neulich meine alte Bluse zerschnitten und meinem Freund ein Buch darin verpackt.«
Franzi sah, dass Marie ihr fast unmerklich zuzwinkerte und dabei mit dem Kopf Richtung Schrank deutete.
»Ist Hansehafen eine schöne Stadt?«, fragte Kim.
»Ja, es gibt eine ganz süße Altstadt mit vielen Cafés. Und der Fluss schlängelt sich durch die Stadt direkt ins Meer. Das ehemalige Schloss ist jetzt eine Schule und es gibt eine sehr berühmte Bibliothek«, schwärmte Emilia. »Mein Vater lebt noch dort, leider sehe ich ihn viel zu selten. Ich habe kein Auto und kann ihn also nur ab und an besuchen.«
»Und was hält dich hier?«, fragte Marie freiheraus.
»Ich habe einen Freund.« Emilia lächelte kurz, wurde dann aber wieder ernst. »Wir sind noch nicht so lange zusammen.« Sie stand auf, stieß dabei gegen den Holztisch und ihr Tee fiel um. »Mist!«
Marie sprang auf und holte einen Lappen und begann die Teepfütze wegzuwischen. »Kannst du Emilia kurz von hier weglocken?«, raunte sie Kim zu.
Kim begann, in ihrem Beutel zu wühlen und sagte dann aus heiterem Himmel: »Mist. Ich glaube, ich hab mein Portemonnaie bei *Green Look* vergessen.«
Emilia zog die Augenbrauen zusammen. »Wozu brauchst du bei *Green Look* denn ein Portemonnaie?«

»Sie wollte sich ein Oberteil bei euch kaufen«, sprang Marie ein. »Wir wussten ja nicht, dass wir die besten Teile von dir geschenkt bekommen!«
»Weißt du, wo du es liegen lassen hast?«, fragte Emilia.
»Vielleicht auf der Toilette«, sagte Kim.
Emilia wusch den Lappen aus. »Soll ich dir beim Suchen helfen?«
»Ja, danke, das wäre toll.«
»Gut, wir sind gleich wieder da.« Emilia verließ den Bauwagen. Kim lief hinter ihr her und drehte sich noch einmal kurz um. Marie und Franzi hielten den Daumen nach oben.
»Was hast du gesehen?«, fragte Franzi, als Kim und Emilia weg waren.
»Da hängt ein Kleid von Fabienne Eastwood drin«, platzte es aus Marie heraus. »Das kostet bestimmt mehr als ein gebrauchter Kleinwagen. Und ich weiß nicht, ob es aus Bio-Textilien ist.«
»Echt?«, fragte Franzi ungläubig. »Das würde ja gar nicht zu Emilia passen.«
»Ich zeige es dir.« Marie griff an den himbeerförmigen Knauf des Schrankes.
»Ich weiß nicht, wir haben heute schon mehrere Notlügen verwendet«, zögerte Franzi. Normalerweise war es Kim, der kühle Kopf der Detektivinnen, die oftmals Bedenken anmeldete, wenn die Detektivinnen etwas Verbotenes machten.
»Franzi, es wurden Menschen absichtlich mit grünen Kartoffeln vergiftet. Und das hier im *Paradies*. Der Notarzt musste kommen«, fasste Marie zusammen. »Irgendwas geht hier vor. Emilia will eigentlich zurück nach Hansehafen ziehen, aber Thilo will nicht mit. Das muss doch wohl als Tatmotiv reichen, damit ich dir das Kleid noch mal zeige.«
Franzi wiegte den Kopf hin und her. »Du hast recht, aber mach schnell, Kim kann die Notlüge mit dem Portemonnaie bestimmt auch nicht ewig aufrechterhalten.«

Marie sah aus dem kleinen Fenster, entdeckte eine Himbeere am Busch davor, pflückte sie und steckte sie in den Mund. »Vitamine und Wasser fürs Gehirn.«
»Mach schon, Himbeerdieb«, sagte Franzi grinsend.
Marie öffnete den Schrank und holte ein langes dunkelblaues Kleid hervor.
»So teuer sieht das gar nicht aus«, fand Franzi.
Marie begutachtete das Schild und den Stoff. »Es ist echt. Und glaub mir, es ist sehr teuer.« Sie wollte das Kleid wieder an die Stange hängen, da entdeckte sie noch mehrere andere Kleidungsstücke. »Unglaublich, die sind alle von Fabienne Eastwood.«
»Woher hat Emilia denn so viel Geld?«, fragte Franzi verblüfft.
»Vielleicht sind die Kleidungsstücke ja auch gestohlen?«, überlegte Marie. Aus dem Augenwinkel sah sie Kim und Emilia auf die *Himbeere* zulaufen. Blitzschnell schloss sie den Schrank und setzte sich wieder an den kleinen Tisch. »Habt ihr das Portemonnaie gefunden?«, fragte sie, als Kim und Emilia den Wagen wieder betraten.
Kim schüttelte den Kopf. »Leider nein.«
Franzi sprang auf. »Dann lasst uns in der *Erdbeere* suchen!«
»Alles klar.« Emilia starrte etwas abwesend auf ihr Handy. »Ich muss jetzt leider auch noch etwas erledigen.«
Die drei Freundinnen liefen zur Tür.
»Danke für den Tee«, sagte Marie, aber Emilia war so vertieft in ihr Handy, dass sie gar nicht richtig zuhörte. »Jaha«, murmelte sie nur.

Die Mädchen liefen an den Himbeerbüschen vorbei Richtung *Erdbeere*. Schnell schlüpften sie nacheinander in den Bauwagen und schlossen die Tür.
»Was sollte das denn jetzt alles?«, wollte Kim sofort wissen.
Marie hockte sich im Schneidersitz auf ihr Bett. »Halt dich fest. Emilia hat mehrere superteure Designerklamotten in ihrem Schrank hängen.«

Kim setzte sich neben sie. »Echt? Das ist ja komisch.«
»Du sagst es«, klinkte sich Franzi ein. »Sie hat doch gesagt, dass sie nur Secondhand-Klamotten trägt.«
»Meint ihr, sie spielt uns das alles nur vor?«, fragte Marie und antwortete sich gleich selbst. »Das glaube ich nicht.«
»Ja, und sie hat diesen Tauschring gegründet«, überlegte Kim.
»Sie würde die Klamotten bestimmt auch niemals tragen«, vermutete Marie. »Und woher sollte sie so viel Geld haben und das auch noch für etwas ausgeben, das sie nicht braucht?«
»Dann bleibt nur eins: Die Klamotten sind gestohlen und sie will damit Geld machen«, folgerte Kim.
»Sie hätte ja auch einen Nutzen davon, wenn das *Grünkohl* nicht mehr läuft oder gar schließen muss.« Marie öffnete das Fenster der *Erdbeere* einen Spaltbreit und sprach dann leise weiter. »Dann würde ihr Freund keine Arbeit mehr im *Paradies* haben und vielleicht mit ihr nach Hansehafen gehen?«
»Und dafür bräuchte sie Geld.« Franzi, die unruhig hin- und hergelaufen war, blieb wie angewurzelt stehen. Sie starrte aus dem Fenster. »Das gibt es ja nicht!«

Marie
Kim

DU BRAUCHST ...

- rechteckigen Gegenstand, den du einpacken möchtest
- Stoff (z. B. ein altes Halstuch)

SCHWIERIGKEITSGRAD:

- mittel

Furoshiki – Verpackung aus Stoff

Geschenke werden in Japan traditionell mit besonderen Wickeltechniken in Tücher verpackt. Dein Geschenk erhält eine persönliche Note, ganz ohne Papier.

Die Größe des Tuchs richtet sich nach dem Gegenstand, den du verpacken möchtest. Ein Tuch in der Größe 50 × 50 cm reicht ungefähr für ein Geschenk in der Größe einer Taschentuchpackung.
Ein Buch verpackst du mit den Maßen 80 × 80 cm.

1 Lege das Tuch mit einer Spitze nach oben vor dich auf den Tisch. Den rechteckigen Gegenstand, den du verpacken möchtest, legst du ins obere Drittel des Tuchs.

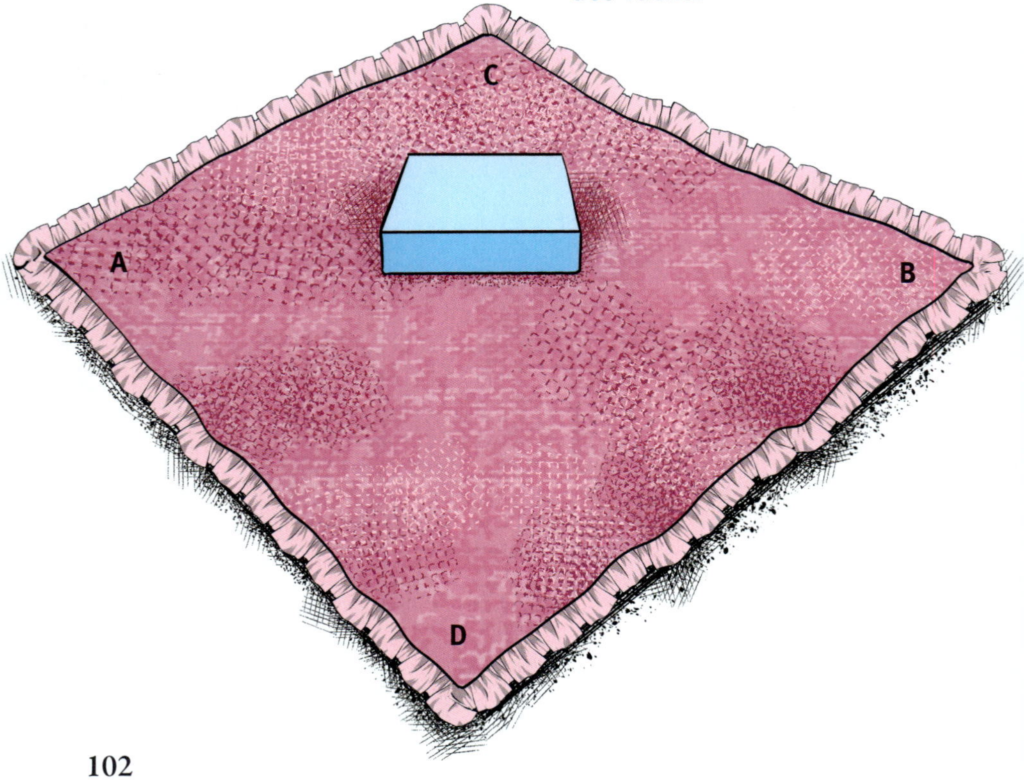

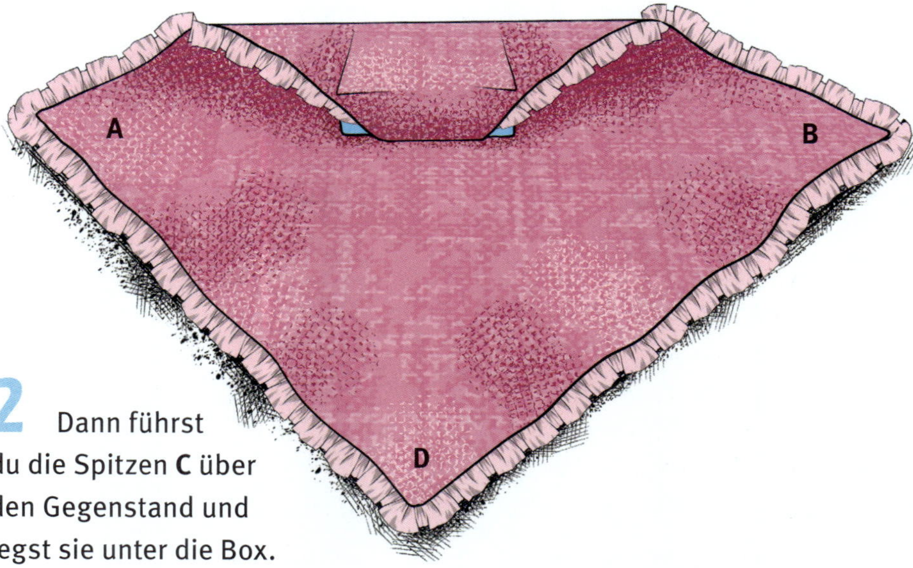

2 Dann führst du die Spitzen **C** über den Gegenstand und legst sie unter die Box.

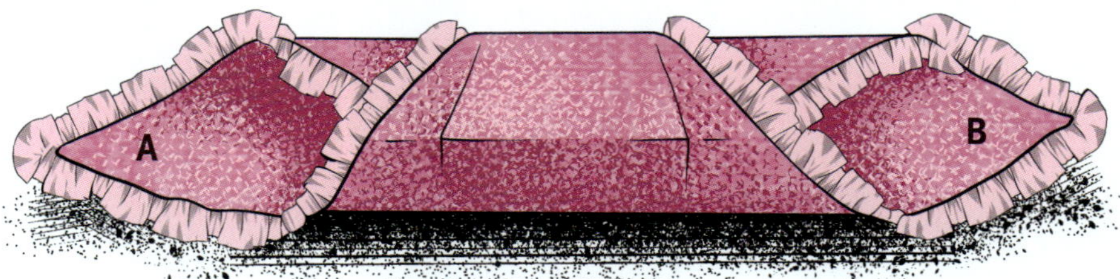

3 Führe nun die Spitze **D** über den Gegenstand und lege sie unter die Box.

4 Ziehe die Spitzen **A** und **B** nach oben und verknote sie über dem Gegenstand.

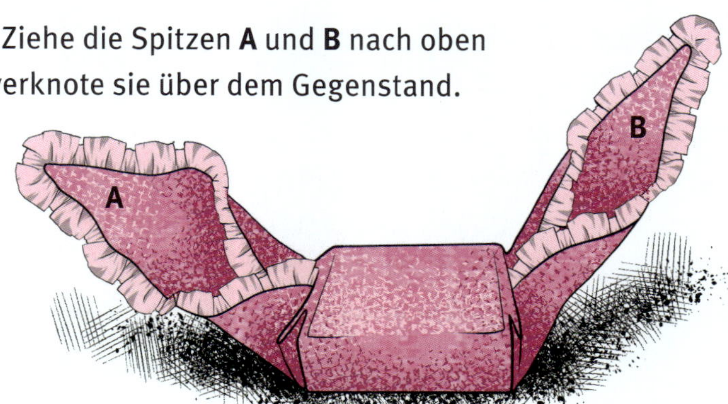

5 Sollten die Enden zu lang sein, verknotest du sie noch ein weiteres Mal.

Kims Tipp

Wenn du deiner Freundin ein Buch schenken möchtest, ist diese Wickeltechnik bestens geeignet.
Vielleicht hast du ein altes Halstuch, das du nicht mehr trägst. Du kannst aber auch Kissenbezüge nehmen, die du nicht mehr brauchst. Daraus kannst du dir ein quadratisches Stück herausschneiden. Frage aber unbedingt vorher deine Eltern ☺.

Zwei Verdächtige, zwei Motive

Kim und Marie reckten die Hälse, um zu sehen, was Franzi sah. Etwas weiter hinten lud Emilia etwas Großes, das in ein Laken gehüllt war, in einen Pick-up. Dann öffnete sie eine Pforte, stieg in den kleinen Ladewagen und fuhr rückwärts von dem Gelände des *Paradieses*.
Franzi griff nach dem Fernglas neben Kims Bett und versuchte, Emilia genauer zu erkennen. Sie sah, wie die junge Frau kurz innehielt, dann aber entschlossen Gas gab. Der Pick-up entfernte sich und verschwand in einer Staubwolke.
»Jetzt verstehe ich gar nichts mehr.« Franzi ließ das Fernglas sinken. »Hat sie nicht behauptet, dass sie kein Auto hat?«
»Vielleicht ist das auch geklaut?«, mutmaßte Marie. »Habt ihr euch das Kennzeichen gemerkt?«
»Ich konnte es nicht erkennen.« Franzi öffnete die Tür der *Erdbeere* und sprintete zum Gartentor. Aber der Wagen war bereits hinter einer Kurve verschwunden. Auf dem Gras waren noch die Reifenspuren zu sehen, aber sie konnte keinen Hinweis darauf finden, was Emilia da gemacht hatte.
Auch Kim und Marie kamen angerannt. Zusammen schlossen sie das kleine Holztor wieder.
»Eins ist klar«, verkündete Kim.
Ihre Freundinnen sahen sie gespannt an.
»Emilia kommt auf die Verdächtigen-Liste.«
»Aber sie ist weg.« Marie reckte die Nase in die Luft. »Hier duftet es aber vorzüglich.«
Franzi zeigte zum Restaurant *Grünkohl*. »Der Duft kommt aus dieser Richtung.«

»Dann lasst uns zwei Fliegen mit einer Klappe schlagen: auf Nahrungssuche gehen und Thilo unter die Lupe nehmen«, schlug Kim vor und stapfte los.
»Du hast die besten Ideen, Kim«, scherzte Franzi.

In der Küche des *Grünkohls* war Saskia gerade dabei, Kräuter zu hacken. Im Ofen lag goldbraunes Baguette.
»Mmh, das sieht ja verführerisch aus«, schwärmte Kim.
»Frisches Knoblauchbaguette«, berichtete Saskia, »dazu gibt es Grüne Soße und Kartoffeln.«
»Aber nicht aus grünen Kartoffeln, oder?«, fragte Kim.
Saskia schüttelte lachend den Kopf. »Nein, ich habe alles geprüft und die Zutaten nicht aus den Augen gelassen. Und die Kräuter hat Jonas gerade frisch im Kräutergarten gepflückt.«
»Dürft ihr etwa wieder öffnen?«, fragte Kim mit großen Augen.
Saskia schüttelte den Kopf. »Nein, für Gäste ist das *Grünkohl* weiterhin geschlossen, aber die *Paradies*-Bewohner müssen ja auch etwas essen. Wir kochen nur für uns. Und wie gesagt, ich mache das allein und lasse keinen mitkochen.«
»Können wir dir helfen?«, fragte Marie.
»Ja, ihr seid keine Gefahr!« Saskia lächelte. »Kartoffeln putzen, Wasser aufsetzen, Tische decken.«
»Und wo ist Thilo?« Franzi griff nach einer kleinen Holzbürste und begann, die Erde von den Kartoffeln zu bürsten.
»Der hat leichte Kopfschmerzen«, berichtete Saskia.
Kim befüllte einen großen Topf mit Wasser. »Es gibt übrigens noch eine Person weniger beim Essen.«
»Ach ja?« Saskia nahm das Brettchen hoch und schob die geschnittenen Kräuter in eine große Tonschüssel.
»Emilia ist gerade weggefahren«, begann Franzi vorsichtig.
Saskia zog die Stirn kraus. »Weggefahren? Womit?«

»Mit einem kleinen Lader.« Marie holte große Teller aus einem Schrank. Sie stellte sie auf ein großes Tablett. »Sag mal, stimmt es, dass Emilia und Thilo ein Paar sind?«
Saskia nickte. »Ja, sie sind seit ein paar Wochen zusammen. Ich bekomme aber gar nicht so viel davon mit. Thilo ist eher der Typ, der nicht so viel über sein Privatleben redet.«
»Und meinst du, dass die beiden glücklich sind?«, fragte Kim.
Saskia zuckte mit den Schultern. »Bei Emilia habe ich das Gefühl, dass sie hier nicht so richtig angekommen ist.« Saskia rührte die Kräuter in der Tonschüssel um. »Ich glaube, dass sie manchmal Heimweh hat.«
»Kannst du dir vorstellen, dass Emilia etwas mit den grünen Kartoffeln zu tun hat?«, fragte Marie vorsichtig nach.
Entschieden schüttelte Saskia den Kopf. »Auf keinen Fall. Was sollte sie davon haben?«

Als die Mädchen sich nach dem Essen, das die *Paradies*-Gemeinschaft zusammen eingenommen hatte, in ihre *Erdbeere* zurückgezogen hatten, waren sie guter Stimmung.
»Ich finde, dass Chrissie wirklich netter geworden ist im letzten Jahr«, stellte Marie fest.
Kim nickte. »Und echt toll, dass sie sich so für den Umweltschutz engagiert.«
»Stimmt.« Franzi kuschelte sich unter die Bettdecke mit Erdbeermuster. »Ich verstehe die Zusammenhänge nicht. Warum hat sich Emilia so komisch verhalten?« Sie spähte hinter dem Vorhang nach draußen. Es war bereits dunkel und die Sterne funkelten. »Sie ist bis jetzt nicht wiedergekommen.«
»Meint ihr, sie ist abgehauen? Nach Hansehafen?«, überlegte Marie.
»Ich bin so müde.« Franzi gähnte. »Lasst uns morgen weiter überlegen.«

»Ja, und wir sollten auch mal versuchen, mit Frau Klatterer zu sprechen.« Kim klappte ihren Laptop auf. »Ich schreibe noch kurz Tagebuch, o. k.?«
»Klar«, murmelte Franzi und war im nächsten Moment eingeschlafen.

Detektivtagebuch von Kim Jülich

Mittwoch, 22:21 Uhr

Von unseren drei Fällen haben wir nun auch den zweiten gelöst. Jonas, Sveas Sohn, hat die Räder vom Bahnhof geklaut. Sein Motiv: Seine Mutter ärgern, weil er es im Paradies so langweilig findet. Gut für ihn, dass wir jetzt da sind. Denn so erlebt er wenigstens mal was. Hihi, nein, Spaß beiseite: Die Sache mit der Suppe hat uns neue Rätsel aufgegeben: Franzi hatte noch ihren Suppenrest im Kühlschrank und wir haben darin kleine grüne Bröckchen entdeckt. Dank Hannes, der früher Biolehrer war, wissen wir, dass die von grünen Kartoffeln kommen. Diese enthalten Solanin und das ist in größeren Mengen sehr unbekömmlich. Und weil in der Küche von Saskia und Thilo nur frische Zutaten verwendet werden, muss jemand die giftigen Stücke absichtlich in die Suppe gekippt haben.
Unsere Hauptverdächtige ist Emilia. Sie hat ein sehr starkes Motiv, denn sie möchte zurück in ihre Heimat nach Hansehafen ziehen. Thilo, ihr Freund, will wohl aber nicht mitkommen, sondern hier im Paradies bleiben. Kann es also sein, dass sie dem Grünkohl schaden will, sodass er seinen Job verliert?
Außerdem hat sie sich höchst seltsam verhalten. Sie besitzt Designerkleidungsstücke und ist auch noch verschwunden! Marie hat die Kleider durch Zufall in ihrem Schrank entdeckt. Kurz vorher haben wir noch erfahren, dass sie mal einen Kleidertauschring gegründet hat und nur ökologische Mode trägt. Das passt doch alles nicht zusammen! Woher hat sie das Geld für diese Klamotten? Und wofür braucht sie so schicke Kleidung hier im Paradies? Selbst Marie läuft hier eher sportlich gekleidet durch die Gemüsebeete. Könnte Emilia die Kleider gestohlen haben? Und was hat sie in den Kleintransporter geschleppt? Wohin ist sie gefahren?
Morgen müssen wir versuchen, mehr über sie herauszufinden.
Außerdem wollen wir mal Frau Klatterer ein bisschen kennenlernen. Sie hat sich ja auch komisch verhalten.

Geheimes Tagebuch von Kim Jülich

Mittwoch, 22:41 Uhr

▸ Das Tagebuch von Kim Jülich ist mindestens so geheim wie das Geheimnis der Himbeeren. Warum sind sie so unverschämt lecker? Wer trotzdem weiterliest, muss Wollschwein-Yoga machen. ◂

UPPPPSSS! Wir haben die Yogastunde bei Tulsi verpasst! Gerade fällt es mir ein! Warum hat er uns denn nicht Bescheid gesagt? Wahrscheinlich lebt er nach dem Motto: Kommst du heut nicht, kommst du morgen.

Marie atmet schon ganz regelmäßig neben mir in ihrer Koje, sie schafft das also auch ohne Tulsis Yoga. Na ja, es war ja auch wieder ein sehr aufregender Tag, so aufregend, dass Marie Grevenbroich ihre Yogastunde verpasst hat. Unglaublich!

Als Franzi am nächsten Morgen aufwachte, fiel ihr gleich Emilia wieder ein. Im Schlafanzug lief sie über den vom Tau feuchten Rasen und spähte aus einiger Entfernung in Emilias Bauwagen. Alles sah so aus wie gestern, das Bett schien unbenutzt zu sein.

Auch Thilo war so früh schon unterwegs. Er lief an Franzi vorbei. »Guten Morgen!«

»Hallo!« Franzi merkte, dass es im Schlafanzug ganz schön kalt war. Außerdem musste Thilo sich bestimmt wundern, was Franzi hier so früh machte. Ob er wusste, wo Emilia abgeblieben war?

»Ich war gestern in Emilias Bauwagen und habe dort mein Portemonnaie vergessen«, log Franzi schnell. »Weißt du zufällig, wo sie ist?«

Thilo schüttelte den Kopf. »Ich hab keinen Schimmer.« Er lief weiter. »Ich bereite jetzt das Frühstück zu.«

»Wir helfen dir gerne gleich!«, rief Franzi und lief zurück zur *Erdbeere*, wo Kim und Marie sich gerade aus den Federn schälten.

»Emilia ist immer noch weg«, berichtete Franzi außer Puste. »Thilo macht jetzt Frühstück, ich habe ihm versprochen, dass wir helfen.«

Die Detektivinnen liefen schnell in das kleine Häuschen mit den Duschen und machten sich fertig für den Tag.
Alle drei waren gleichzeitig fertig.
»Marie, du überraschst mich immer wieder«, lachte Franzi. »So schnell bist du doch sonst morgens nicht.«
»Mein *Paradies*-Look ist eben sehr dezent und wenig aufwendig«, erklärte Marie. »Hier achtet doch sowieso niemand darauf, wie man aussieht, weil es so viele schöne Sachen zu sehen gibt. Außerdem soll sich hier ja jeder so wohlfühlen, wie er mag.« Marie zeigte zu Chrissie, die ihnen mit einer Laufente auf dem Arm entgegenkam.
»Da seid ihr ja.«
»Wer bist du denn?«, fragte Kim.
»Das ist Lenchen, die Laufente«, sagte Chrissie mit besorgter Miene. »Es geht ihr nicht so gut.«
»Was hat sie denn?«, fragte Franzi.
»Normalerweise läuft sie schon morgens umher und futtert Schnecken auf«, berichtete Chrissie. »Heute hockt sie nur in der Ecke und bewegt sich nicht vom Fleck.«
»Bist du krank, Lenchen?« Franzi nahm Chrissie die Laufente ab. »Hast du keinen Hunger?« Franzi sah die Ente genauer an. Ihre Augen waren nur halb geöffnet und sie wirkte sehr matt. »So alt ist die Ente ja noch nicht.«
»Was könnte sie haben?«, überlegte Marie.
»Franzi, als dir so schlecht war, wirkten deine Augen auch kleiner«, fiel Kim ein.
»Könnte die Ente auch grüne Kartoffeln gefressen haben?« Marie zeigte zum Kartoffelbeet. »Aber die sind ja angeblich alle entsorgt worden.«
»Laufenten fressen Schnecken. Damit schützen sie angebautes Gemüse vor Schädlingen«, erklärte Franzi. Sie sah auf ihre Uhr. »Papa macht die Praxis erst in fünfzehn Minuten auf. »Ruf ihn doch mal an.«

»Gute Idee, ich werde gleich mit Papa skypen«, sagte Chrissie.
»Guten Morgen.« Svea kam dazu. »Was ist denn mit Lenchen los?«
»Sie zeigt ähnliche Anzeichen wie wir neulich nach der Suppe«, berichtete Franzi.
»Auch das noch.« Svea fuhr sich mit der Hand über die Stirn. »Ich habe leider keine Zeit, mit ihr zum Tierarzt zu fahren.«
»Das ist vielleicht auch gar nicht notwendig«, erklärte Franzi. »Chrissie skypt gleich mit unserem Vater. Er ist Tierarzt.«
»Das ist ja super. Danke!« Svea blickte auf ihre Uhr. »Ich habe in einer Stunde einen Termin bei Frau Klatterer. Und ich muss sagen, ich bin ganz schön aufgeregt.«
»Wir können dich ja begleiten«, schlug Franzi mit Seitenblick zu ihren Freundinnen vor. Die beiden nickten.
»Wir könnten ihr doch einen Kuchen mitbringen?«, schlug Marie vor. »Franzi kennt ein ganz tolles Rezept von ihrer Mutter.«
Franzi nickte. »Wenn ich die Küche benutzen darf, kann ich das gerne machen. Man backt den Kuchen direkt im Glas.«

Die drei !!! hatten sich mächtig ins Zeug gelegt und in Windeseile kleine Küchlein in Gläsern gezaubert. Leider war Thilo mit seiner Frühstücksvorbereitung bereits fertig gewesen und sie hatten ihn auch nirgendwo mehr angetroffen. Dafür hatten sie jetzt die Möglichkeit, Frau Klatterer unter die Lupe zu nehmen.
Mit Svea gingen sie durch ein Tor. Der Kies knirschte unter ihren Füßen, als sie auf die in einem warmen Gelbton gestrichene Villa zuliefen. Svea drückte auf die Klingel und kurze Zeit später öffnete sich die schwere Holztür.
»Hallo, Frau Klatterer«, sagte Svea freundlich. »Ist es für Sie in Ordnung, dass ich unsere Gäste mitgebracht habe? Sie wollten Ihnen etwas schenken.«
Die alte Dame lächelte die Mädchen an. »Das ist aber lieb von euch.«

»Guten Tag, Frau Klatterer«, sagten die Freundinnen wie aus einem Mund.
Franzi hielt ihr das Kuchenglas hin. »Das ist Karottenkuchen mit Möhren aus dem *Paradies*, eine Spezialität meiner Mutter. Und das Glas ist wiederverwendbar.«
Frau Klatterer nahm das Glas entgegen. »Das ist ja toll. Dann kommt mal herein.«
Wie kleine Entenküken hinter ihrer Entenmutter betraten die drei !!! nach Svea das Haus.
Innen war alles modern eingerichtet. Der Flur war hell, die Küche hatte eine große Glastür, geradeaus ging es in ein helles Wohnzimmer mit einem Wintergarten. Große Pflanzen schmückten den Raum, einige moderne Kunstwerke hingen an den weißen Wänden.
Frau Klatterer zeigte auf zwei Ledersofas. »Setzt euch doch. Möchtet ihr etwas trinken?«
»Gerne. Eine Saftschorle?«, fragte Marie.
Franzi und Kim nickten.
»Ich helfe Ihnen«, sagte Svea und verschwand mit der Hausherrin in die Küche.
»Ich möchte das Geld morgen auf meinem Konto haben«, hörten die Freundinnen Frau Klatterer sagen.
»Aber Sie wissen doch, dass wir durch die Schließung des *Grünkohls* gerade keine Einnahmen haben«, antwortete Svea mit fester Stimme. »Ich verspreche, dass wir schnell eine Lösung finden, Frau Klatterer.«
»Ich benötige das Geld«, antwortete die Dame. »Wenn es nicht pünktlich kommt, werde ich den Mietvertrag auflösen.«
»Haben wir Ihnen etwas getan?« Svea klang jetzt unsicherer. »Sie haben doch Ihr Beet im *Paradies*, und Sie waren doch auch immer für das Projekt.«
»Die Dinge ändern sich leider manchmal«, verkündete Frau Klatterer kühl.

Franzi war aufgestanden und schlich leise durch den Raum. Eine Tür zu einem Arbeitszimmer stand offen, darin befand sich ein großer Schreibtisch. Franzi lief auf den Tisch zu. Darauf lag ein riesiger Plan. Sie sah genauer hin. »›Hausbau am Deich‹«, las sie leise. »›Neue Ferienwohnungen in paradiesischer Lage.‹« Franzi erschrak. Sie hörte das Klappern von Gläsern und zog in Windeseile ihr Handy aus der Tasche, um Fotos zu machen.
Dann schlüpfte sie wieder aus dem Zimmer, im selben Moment kamen auch Svea und Frau Klatterer zurück. Franzi sprang vor eins der Gemälde und tat so, als würde sie es schon die ganze Zeit betrachten. Heimlich warf sie ihren Freundinnen einen alarmierten Blick zu und verschluckte sich fast an ihrem Getränk.

1,2,3
Power!!!
Kim
100%
selbst
gemacht

DU BRAUCHST FÜR 4 KUCHEN …
- 250 g Möhren
- 90 g weiche Butter
- 150 g braunen Zucker
- 3 Eier
- 150 g Mehl
- 1 TL Backpulver
- 1 Prise Salz
- 50 g gemahlene Haselnüsse
- Reibe
- 4 Einmachgläser mit Deckel und Gummiringen
- Butter und Pinsel zum Einfetten der Gläser
- ca. 1–2 EL gemahlene Haselnüsse zum Ausstreuen der Gläser

SCHWIERIGKEITSGRAD:
- hoch

Kuchen im Glas

Geschenke in wiederverwendbaren Verpackungen zu verschenken, ist gut für die Umwelt. Und wenn es sich dann auch noch um einen leckeren Kuchen handelt, ist es auch gut für das Wohlbefinden ☺. Ein Kuchen, der im Glas gebacken wird, hat auch eine schöne Form.

1 Heize den Backofen auf 180 °C Ober-/Unterhitze vor.

2 Weiche die Gummiringe der Gläser in Wasser ein.

3 Fette die Gläser mit einem Pinsel und Butter ein. Achte darauf, dass kein Fett an den Rand kommt. Streue dann die gemahlenen Haselnüsse in das Glas und bewege das Glas so, dass die Nüsse am Glasrand hängen bleiben. So kannst du den Kuchen später besser aus dem Glas lösen.

4 Putze, schäle und raspele die Möhren.

5 Rühre die Butter und den Zucker mit einem Handrührgerät cremig, gib die Eier nach und nach dazu. Vermische das Mehl mit Backpulver, Salz, Haselnüssen und Möhrenraspeln und rühre es unter die Masse.

6 Fülle die Gläser zur Hälfte mit Teig und backe sie im heißen Ofen im unteren Drittel 25–30 Minuten.

ACHTUNG: Da du dich am Backofen und an den heißen Gläsern schwer verbrennen kannst, hilft dir bei diesem Projekt sicher ein Erwachsener.

Maries Tipp

Wenn sich deine Freundinnen spontan zum Besuch ankündigen, ist es super, wenn du einen Kuchen im Glas als Vorrat im Haus hast. Auch als Mitbringsel ist er toll!

7 Tupfe die Gummiringe trocken, bevor du den Kuchen aus dem Ofen holst. Lege die Gummiringe vorsichtig auf die heißen Glasränder, platziere den Deckel darauf und verschließe ihn mit den Klammern. So sind die ungeöffneten Gläser ca. 3 Monate haltbar.

Vergiftete Atmosphäre

Svea und Frau Klatterer waren nach ihrem Gespräch beide ziemlich still. Svea starrte nachdenklich aus dem Fenster und Frau Klatterer drehte nervös ihren Ring am Finger hin und her. Aber beim Möhrenkuchen waren sich alle einig.

»Der schmeckt ein bisschen so wie der Kuchen, den meine Mutter früher immer gebacken hat«, schwärmte Frau Klatterer schon nach der ersten Gabel.

Die drei !!! gaben ihr Bestes, um die Stimmung etwas aufzulockern, und befragten die ältere Dame freundlich über ihre Kindheit in Moordeich. Als sie von den alten Zeiten berichtete, taute sie ein bisschen auf. Ihr Vater hatte damals die Villa erbaut. Das Haus war etwas in die Jahre gekommen und Frau Klatterer merkte an, dass es renovierungsbedürftig sei, vor allem das Dach, und das sei sehr kostspielig. Franzi beobachtete Svea, die besorgt aus dem Fenster starrte. Marie lenkte das Gespräch wieder auf Frau Klatterers Kindheit und sie erzählte, dass sie als Kind jede freie Minute am Strand verbracht hatte.

Schließlich klingelte Franzis Handy. Es war Chrissie, die interessante Neuigkeiten über Lenchen loswerden wollte. Die drei !!! nutzten den Anlass, um sich zu entschuldigen.

»Geht ihr ruhig schon mal, ich komme gleich«, sagte Svea.

Die drei !!! ahnten, dass sie sicher noch mal in Ruhe mit Frau Klatterer reden wollte.

Franzi war sehr froh, das Haus von Frau Klatterer wieder verlassen zu dürfen. »Auf dem Schreibtisch liegt ein Kaufangebot einer Baufirma«, zischte sie ihren beiden Freundinnen zu, als sie wieder über den knirschenden Kies liefen.

»Was?«, fragte Marie entsetzt.
»Aber das müssen wir ganz schnell Svea sagen«, rief Kim und zog ihr Handy hervor. »Ich schreibe ihr eine Nachricht.«
Marie schüttelte den Kopf. »Das wird nichts bringen.«
»Ach ja, die *Paradies*-Bewohner sind ja ohne Handy unterwegs«, fiel Kim ein.
»Einerseits ist das ja nicht schlecht, dann hat man viel mehr Zeit, um die Natur zu genießen.« Franzi blickte sehnsüchtig Richtung Meer. »Andererseits: Ohne mein Handy wüssten wir jetzt nicht, dass es Lenchen besser geht, und ich könnte euch diese Bilder nicht zeigen.« Franzi öffnete die Fotos, die sie gemacht hatte, und hielt das Display ihren Freundinnen hin.
»›Hausbau am Deich‹«, las Marie vor. »›Neue Ferienwohnungen in paradiesischer Lage.‹«
»Außerdem lag da noch ein Kaufangebot der Baufirma«, berichtete Franzi. »Sie wollen das *Paradies* kaufen und Ferienwohnungen auf dem Gelände bauen.«
»Und sie werben jetzt schon mit den Ferienwohnungen, obwohl sie das Gelände noch nicht mal gekauft haben?«, fragte Kim ungläubig.
»Sie wollen das *Paradies* zerstören?« Marie schüttelte aufgewühlt den Kopf. »Luxus-Ferienwohnungen gibt es doch überall, aber das *Paradies* gibt es nur einmal!«
»Krass! Dann hat Frau Klatterer ja ein Motiv, den Mietertrag schnellstmöglich auflösen zu wollen«, sagte Kim aufgewühlt. »Sie würde sehr schnell sehr viel Geld verdienen.«
»Geld, dass sie für die Reparatur des Daches ihrer Villa gut gebrauchen könnte«, resümierte Franzi.
Sie betraten das *Paradies* und liefen den Weg entlang, der zur Gärtnerei führte. Chrissie hockte im Schneidersitz auf der Wiese. Laufente Lenchen stand neben ihr.

»Ist ja super, dass es dir besser geht, Lenchen«, freute sich Franzi. Sie drehte sich zu ihrer Schwester. »Was hat Papa gesagt?«
»Dass es tatsächlich sein kann, dass sie sich den Magen verdorben hat«, berichtete Chrissie. »Wir sollen abwarten und sehen, ob sie wieder Hunger bekommt, ansonsten soll sie zum Tierarzt.«
»Und Lenchen, hast du wieder Kohldampf?«, fragte Franzi und lief zum Salat-Beet, dessen Rand von wunderschön selbst bemalten Steinen gesäumt war. Sie bog die Blätter eines Salatkopfes zur Seite, aber fand keine Schnecke. »Vielleicht hat Lenchen auch zu viel gegessen?«, überlegte Franzi laut und betrachtete das Kräuterbeet auf der anderen Seite. »Huch, müssen die mal gegossen werden? Die Minzblätter hängen ja so traurig runter.«
Chrissie schüttelte den Kopf. »Ich hab die Minze vorhin gegossen.«
»Komisch.« Franzi betrachtete den nächsten Salat. »Der ist leicht braun. Hier ist ja eine Schnecke.« Franzi wollte danach greifen. »Oh nein, die lebt nicht mehr.«
Kim und Marie waren ebenfalls aufgestanden und liefen über den schmalen Pfad durch das kleine Erdbeerfeld.
»Hier ist auch eine tote Schnecke«, rief Marie und verzog das Gesicht.
»Hier auch!« Kim zeigte auf ein Kohlrabiblatt.
Chrissie war aufgestanden. »Das sind genau die Pflanzen, die ich vorhin gewässert habe. Das ist ja seltsam.«
»Ja, sehr«, bestätigte Franzi. »Womit hast du die Pflanzen gegossen?«
Chrissie zeigte über die Wiese zu einem Brunnen. »Damit gießen wir immer.«
Franzi lief zu dem Brunnen. Er war rund, die Mauern so hoch, dass sie bis zum Bauchnabel reichten. Mit einem Seil konnte man den Eimer heraufholen. Franzi nahm das Seil, zog den Eimer nach oben und schnupperte am Wasser. »Ich bin nicht sicher, ob es komisch riecht.«

»Wir sollten es von Hannes untersuchen lassen«, sagte Marie.
»Was denn?« Svea stand plötzlich neben ihnen. Sie sah blass aus. Als die Detektivinnen ihr von den Unterlagen bei Frau Klatterer und den toten Schnecken und der kranken Laufente berichtet hatten, schüttelte sie ungläubig den Kopf. » Das ist ja der reine Wahnsinn! Was geschieht hier nur?«
»Hier seid ihr!« Hannes kam auf sie zu. »Ich muss euch etwas erzählen. Svea, gut, dass du auch hier bist.«
»Schieß los!«, sagte Svea. Alle sahen Hannes gespannt an.
»In der Wasserprobe, die du mir vorhin gebracht hast, habe ich Rückstände von Chemikalien gefunden«, berichtete der ehemalige Biologielehrer.
Die Detektivinnen sahen sich entgeistert an.
»Um was für Chemikalien handelt es sich?«, fragte Franzi.
Hannes zuckte mit den Schultern. »Das kann ich nicht genau sagen, dafür bräuchte ich ein Labor.«
»Könnte das Wasser aus dem Brunnen auch Chemie-Rückstände haben?«, fragte Kim. »Manche Pflanzen lassen den Kopf hängen und wir haben einige verendete Schnecken gefunden.«
»Und Lenchen könnte auch Vergiftungsanzeichen gezeigt haben«, erkläre Chrissie. »Das hat mein Vater bestätigt.«
»Hannes, kannst du das Brunnenwasser auch untersuchen?«, fragte Franzi.
»Ja, bitte.« Svea lief los. »Ich hole ein sauberes Glas für die Wasserprobe.«
Marie lief zum Brunnen. Auf der kleinen runden Mauer lagen selbst bemalte Steine. Sie lehnte sich über den Brunnen. »Woher kommt das Wasser denn?«, wollte sie wissen.
»Es ist Grundwasser«, sagte Hannes.
»Und wie kommt die Chemie da hinein?«, wollte Marie wissen. »Also wenn es das wirklich ist?«

Kim zog ihr Handy aus der Tasche und tippte etwas in die Suchmaschine ein. »›Wasserkreislauf. Wenn Wasser als Regen, Schnee oder Hagel auf die Erdoberfläche fällt, wird es teilweise vom Erdboden aufgenommen‹«, las Kim. »›Der Niederschlag versickert und fließt immer weiter nach unten.‹«
»Na ja, durch die ganzen Abgase und die Umweltverschmutzung könnte das Wasser ja auch verunreinigt sein«, warf Marie ein.
»Aber nicht so«, meinte Franzi. »Es wird ja auch von den verschiedenen Gesteinsschichten gefiltert.«
»Und dann kommt es wieder aus dem Boden und verdunstet«, fasste Kim zusammen. »Die treibende Kraft des Wasserkreislaufs ist die Sonne.« Sie steckte ihr Handy wieder ein.
»Vielleicht hat jemand verunreinigtes Wasser irgendwohin gekippt und es ist dann ins Grundwasser geflossen«, mutmaßte Marie.
»Deshalb sollten wir heute nichts ernten«, sagte Svea, die mit einem Glas in der Hand zurückkam. Saskia begleitete sie besorgt.
»Ja, das stimmt. Wer weiß, ob die Salate vergiftet sind«, pflichtete Franzi ihr bei. Sie nahm einen der Steine in die Hand. Er war so bemalt, dass er aussah wie ein Marienkäfer. Franzi hoffte, dass der kleine Käfer ihnen Glück bringen würde. Hoffentlich war das Wasser nicht vergiftet!
Franzi wurde von Saskia aus ihren Gedanken gerissen. »Schade, ich hatte einen leckeren Salat auf dem Plan. Mit Quinoa.«
»Ich habe nur die zwei Salatköpfe, den Kohlrabi und die Minze gegossen«, erklärte Chrissie.
»Wir wissen aber nicht, ob das Wasser gestern auch schon vergiftet war«, gab Franzi zu bedenken.
»Vorerst sollte alles nur mit dem Wasser aus der Leitung gegossen werden. Das kommt nicht aus dem Brunnen«, erklärte Hannes.
Im selben Moment kam Jonas dazu und deutete auf das Glas in Hannes' Hand. »Na, gibt es was zu feiern?«

»Ja, für dich schon«, sagte Saskia. »Heute gibt es Nudeln mit Tomatensoße.« Dann drehte sie sich zu den drei !!!. »Die Tomatensoße habe ich im letzten Sommer vorgekocht, die müsste gut sein.«
»Die ist super!«, freute sich Jonas. »Endlich mal was Normales.«
In Gedanken versunken steckte Franzi den Marienkäfer-Stein ein.

»Die Tomatensoße war wirklich gut«, sagte Kim eine Stunde später. »So fruchtig.« Sie trug einen Teller Spaghetti mit Tomatensoße zum Bauwagen von Hannes und stellte ihn auf dem kleinen Tisch davor ab.
Der Bio-Lehrer kam mit besorgter Miene aus der Tür. »Ich wollte gerade zu euch. Das Grundwasser ist belastet. Genau wie das Meerwasser.«
»Was sagst du da, Hannes?« Svea war mit einer Pfeffermühle dazugekommen.
»Die Konzentration der schädlichen Stoffe ist zu hoch«, berichtete Hannes. Er nahm die Pfeffermühle und drehte sich schwarzen Pfeffer auf die dampfenden Nudeln.
»Wir müssen das der Polizei melden.« Svea lief los. »Ich geh ins Büro.«
Franzi hatte bereits ihr Handy aus der Tasche gezogen. »Du kannst mit meinem Handy anrufen.«

Die drei !!!
Liebe Franzi,

DU BRAUCHST ...

- Steine mit feiner Oberfläche
- Farben/Farbstifte (aus dem Schreibwarenhandel)

SCHWIERIGKEITSGRAD:

- einfach

»Stein im Brett« – Bemalte Steine

Bemalte Steine können Glücksbringer, Briefbeschwerer, Zimmer- oder Gartenschmuck sein. Du kannst deine Steine auch auf Mauern oder in Beeten »aussetzen« und anderen damit eine Freude machen. Deiner Fantasie sind keine Grenzen gesetzt.

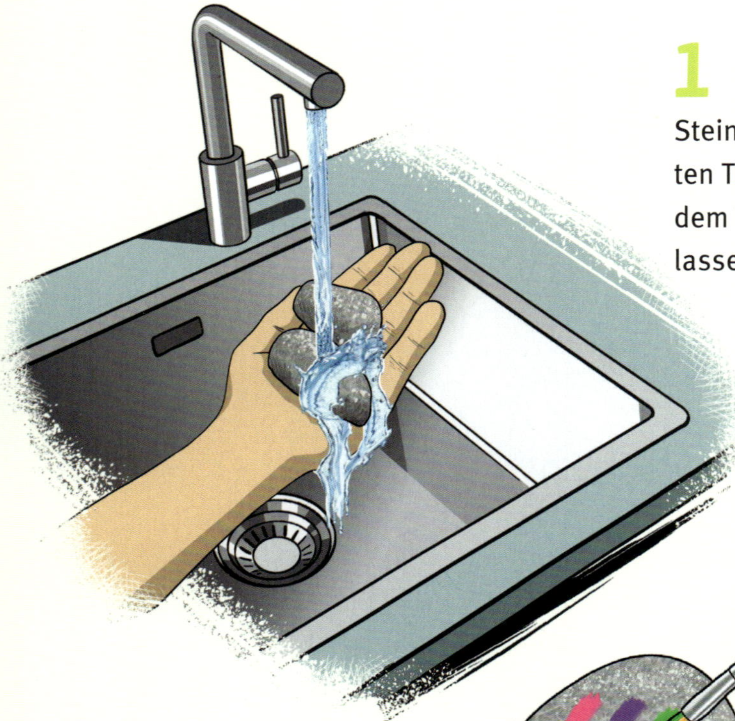

1 Reinige deinen Stein mit einem feuchten Tuch oder unter dem Wasserhahn und lasse ihn trocknen.

2 Mit einem Pinsel oder mit einem Stift malst du dein Motiv auf.

Franzis Tipp

Selbst bemalte Steine sind ein wunderschönes und langlebiges Geschenk, über das sich jeder freut. Wenn du mit den Steinen den Garten oder ein Beet schmücken möchtest, kannst du wasserfeste Acryl-Stifte benutzen. Es ist aber auch möglich, die Farbe mit einem speziellen Lack (aus dem Bastelbedarf) zu fixieren. So leuchtet deine gemalte Sonne auch im Regen weiter.

Es wird eng

»Die Polizei ist schon ganz schön lange im Gebäude«, raunte Franzi ihren Freundinnen eine Stunde später zu. Sie hatten sich vor dem Eingang von *Green Look* auf eine Bank gesetzt.
Franzi hatte ein Labyrinth-Spiel mit einer Murmel aus Chrissies Bauwagen, der *Leuchtkäfer* hieß, geholt. »Wollen wir einen kleinen Wettkampf machen?«, schlug sie vor. »Wir stoppen die Zeit, wer die Murmel zuerst im Ziel hat.«
»Klar, warum nicht?«, meinte Kim und begann. Sie hatte ihre Murmel sehr schnell im Ziel. Franzi brauchte fast doppelt so lange.
»Tja, wer kein Glück im Spiel hat, hat Glück in der Liebe.« Marie zwinkerte Franzi zu. »Sollen wir dich gewinnen lassen?«
Franzi schüttelte genervt den Kopf. Sie wusste, dass ihre Freundinnen darauf hinauswollten, dass sie Jonas ganz süß fand. Im selben Moment kamen ein Polizist und eine Polizistin mit einem älteren Mann in dunkler Hose und Hemd aus dem Haupteingang.
Kim, Franzi und Marie sprangen auf.
»Haben Sie etwas gefunden?«, fragte Marie die Polizistin.
»Der Betrieb wird bis auf Weiteres eingestellt«, berichtete die blonde Frau. »Gut, dass ihr uns informiert habt. Unser Chemiker hat vor Ort Wasserproben aus dem Brunnen auf dem *Paradies*-Gelände genommen und anschließend auch am Meer. Und gerade hat er festgestellt, dass sich im Wasser chemische Rückstände befinden, die auch zur Herstellung von Farbe verwendet werden.«
»Und woher kommt die Chemie?«, fragte Kim.
»Es sieht so aus, als käme sie von meiner Firma«, sagte der Mann in dunkler Hose. »Guten Tag, mein Name ist Piet Lübbers.« Er

lächelte die drei !!! an. »Ihr seid also darauf aufmerksam geworden?«
»Ja, genau.« Marie hielt ihm die Hand hin. »Mein Name ist Marie Grevenbroich und das sind meine Freundinnen Kim Jülich und Franziska Winkler.«
»Hallo, freut mich, euch kennenzulernen.« Herr Lübbers schüttelte den Mädchen die Hand. »Obwohl der Anlass besorgniserregend ist.«
»Ist das Ihre Firma?«, begann Franzi. »Wir haben neulich einen anderen Chef kennengelernt.«
»Das ist mein Sohn Hauke. Er wird *Green Look* demnächst allein weiterführen«, berichtete der Mann. »Ich bin gerade dabei, ihm den Firmenvorsitz zu überschreiben.«
Im selben Moment fuhr mit hoher Geschwindigkeit ein dunkler Wagen mit getönten Scheiben auf den kleinen Parkplatz vor der Firma. Es gab nur drei Autostellplätze, die von dem querstehenden Polizeiwagen ausgefüllt waren, dafür aber sehr viele Fahrradständer. Der Wagen quetschte sich geschickt in eine winzige Lücke und Hauke Lübbers stieg aus.
Freundlich lächelnd kam er auf sie zu. »Guten Tag, mein Name ist Hauke Lübbers. Ich bin der Geschäftsführer. Was ist passiert?«
»Sie müssen Ihre Produktion bis auf Weiteres stoppen«, erklärte der Polizist.
»Was?« Hauke Lübbers blickte entsetzt von dem Polizisten zu seinem Vater. »Warum das denn?«
»Ihr Vater wird Ihnen alles erklären. Wir müssen jetzt los.« Die Polizisten verabschiedeten sich mit einem Kopfnicken.
»Zwei Kollegen von uns werden später noch mal vorbeikommen und nach Spuren suchen. Gerade werten sie noch die Wasserproben aus«, erklärte der Polizist und setzte sich auf den Beifahrersitz des Streifenwagens. Die Beamten fuhren weg.

Hauke Lübbers drehte sich zu den Detektivinnen. »Was macht ihr denn überhaupt schon wieder hier?«
»Die drei sind auf die Chemikalien im Wasser aufmerksam geworden«, sagte Piet Lübbers mit ruhiger Stimme.
»Was denn für Chemikalien?«, fragte sein Sohn. Franzi beobachtete, dass sein Augenlid nervös zuckte, oder bildete sie sich das ein?
»Laufente Lenchen zeigte Vergiftungsanzeichen, dann haben wir gemerkt, dass einige Schnecken im Gemüsebeet verendet sind und auch einige Pflanzen«, berichtete Kim.
»Aber das erste Mal, dass wir stutzig geworden sind, war, als wir am Strand spazieren waren und es so komisch gerochen hat«, berichtete Franzi.
»Danke, das ist sehr aufmerksam von euch.« Hauke Lübbers lächelte. »Aber jetzt kümmert sich ja die Polizei.«
Franzi sah, wie Piet Lübbers nachdenklich in die Ferne starrte, dann schloss er die Augen, öffnete sie wieder und sprach sehr ruhig zu seinem Sohn: »Wir müssen jetzt die Produktion einstellen und alle Mitarbeiter informieren, bis die Sache geklärt ist.«
»Und ihr könnt wieder mit der Ente spielen«, sagte Hauke Lübbers knapp.
Die Männer verschwanden im Eingangsbereich der Firma.
»Pfff! Klar spielen wir gern mit der Ente, aber so, wie der das gesagt hat, ist das echt unfreundlich!«, empörte sich Franzi.
»Wir sollten jetzt unbedingt Svea in Frau Klatterers Pläne einweihen«, sagte Marie.
»Stimmt.« Kim lief los. »Die Ereignisse überschlagen sich wirklich.«
Zusammen liefen sie durch eine Holzpforte wieder auf das Gelände des *Paradieses.*
Chrissie kam ihnen entgegen. »Was gibt es Neues?«
»*Green Look* muss vorerst die Produktion stoppen«, berichtete Franzi. »Bis herausgefunden wurde, woher die Chemie im Wasser kommt.«

»Das ist ja heftig. Fast schon eine Katastrophe, da *Green Look* doch für faire Mode steht.« Chrissie sah die drei !!! gespannt an. »Habt ihr denn eine Vermutung?«
»Nicht so richtig. Wir müssen unbedingt mit Svea sprechen. Weißt du, wo sie ist?« Marie sah sich um.
»Sie wollte zur Bank. Wegen eines Kredits«, berichtete Chrissie.
»Wir müssen echt dringend mit ihr sprechen.« Kim holte ihr Handy hervor.
Chrissie zog gleichzeitig ein Handy aus ihrer Hosentasche. »Das ist von Svea. Sie hat es beim Brunnen liegen lassen.«
»Chrissie?«, war Saskias Stimme zu hören. »Ich muss zum Einkaufen fahren. Kannst du mir helfen?«
»Ja, klar«, rief Chrissie. »Hoffentlich wird die Ursache schnell gefunden. Wenn jetzt auch noch die selbst angebauten Lebensmittel ungenießbar wären, sähe es ja noch schlechter aus für das *Paradies*.« Sie lief los. »Bis später.«
»Denkt ihr auch, dass es ein weiterer Sabotageakt ist?«, fragte Kim. »Will jemand dem *Paradies* und *Green Look* den Garaus machen?«
»Oder hängt alles miteinander zusammen?«, überlegte Franzi. »Und wo ist Emilia?«
Marie zuckte mit den Schultern. »Meint ihr, Frau Klatterer könnte damit zu tun haben, dass das Wasser giftig ist?«
Kim schüttelte den Kopf. »Das traue ich ihr nun wirklich nicht zu.«
»Vielleicht war es auch die Baufirma? Damit sie das Gelände für weniger Geld kaufen kann?«, warf Franzi ein.
»Glaube ich nicht.« Maries Blick folgte einer Biene, die an ihnen vorbeisummte. »Es will doch niemand neu gebaute Wohnungen auf einem Grundstück mit vergiftetem Wasser kaufen.«
»Ich verstehe nicht, warum diese Chemie im Wasser ist. So plötzlich.« Kim hob den Kopf einer hängenden Sonnenblume an. »Die Farben sind doch alle ökologisch.«

»Hallo, na, gibt es was Neues?« Jonas kam durch den Garten.
»Die Polizei hat die Produktion von *Green Look* gestoppt«, berichtete Franzi.
»Kennst du den zukünftigen Chef?«, fragte Marie.
»Diesen Hauke?« Jonas fischte einen Sonnenblumenkern aus der Blume und brach ihn mit seinen Zähnen auf. Er spuckte die Schalen aus. »Der ist echt ganz cool. Hat lange in Hamburg gelebt und findet es hier auch etwas langweilig. Er ist eigentlich der Einzige, der mich versteht.« Jonas lief weiter. »Ich sehe mal nach den Wollschweinen.«
Franzi blieb abrupt stehen. »Was ist, wenn die Farben nicht ökologisch sind?«
»Stimmt. Dieser Gestank im Büro von Hauke Lübbers.« Marie rümpfte die Nase.
»Der war auch so kurz angebunden vorhin«, meinte Franzi. »Und nicht besonders nett.«
»Dem traue ich zu, dass er krumme Dinger dreht.« Kim sah ihre Freundinnen an. »Ich würde gern mal alles in meinem Detektivtagebuch notieren. Wenn das da schwarz auf weiß steht, kommt man noch mal auf ganz neue Ideen.«
»Dafür haben wir keine Zeit«, überlegte Franzi laut. »Am besten suchen wir sofort nach Hinweisen.«
Marie nickte. »Wenn der junge Lübbers etwas zu verbergen hat, versucht er das jetzt bestimmt ganz schnell zu beseitigen, ehe die Polizei kommt.«
»Ihr habt recht.« Kim lief los.
Die drei Detektivinnen rannten zurück zum Firmengebäude. Sie duckten sich hinter einem Holunderstrauch, denn auf dem Parkplatz standen einige Mitarbeiter der Firma, die sich mit ernsten Gesichtern unterhielten.
Franzi versuchte zu verstehen, worüber sie sprachen, aber sie waren zu weit weg.

Manni vom Empfangstresen trat aus der Tür des Gebäudes.
»Jetzt sind die beiden Chefs allein«, flüsterte Franzi.
»Ja, sie haben alle Mitarbeiter weggeschickt«, glaubte auch Marie.
»Meinst du, du kannst das Türschloss knacken, Marie?«, fragte Franzi.
»Wir sollten es über den Seiteneingang versuchen.« Marie deutete auf eine Tür, die sich an der Seitenwand des Gebäudes direkt gegenüber befand.
Die drei !!! schlichen zur Hauswand und Marie drückte auf die Klinke. »Mist, verschlossen.« Schnell beförderte sie ihr Dietrichset aus der Tasche und wählte einen der Universalschlüssel aus. Vorsichtig steckte sie ihn in das Schloss und drehte ihn um. Es klackte. Marie drückte wieder auf die Klinke, die sich öffnen ließ. Blitzschnell huschten die Detektivinnen in das Gebäude. Marie schloss leise die Tür hinter ihnen. Sie befanden sich in einem großen Raum mit kleinen Fenstern. An den Wänden und auch in der Mitte des Raumes standen Regale.
»Das ist bestimmt das Lager«, flüsterte Marie. Sie schlich zur Tür, Franzi und Kim folgten. Leise öffneten sie die Tür einen Spaltbreit und spähten hinaus.
Der Flur war dunkel, aber durch einige abgehende Türen fielen Lichtstrahlen herein.
Franzi lauschte. »Hört ihr das?«, wisperte sie.
Kim und Marie nickten.
»Das kommt aus dem Büro von Hauke Lübbers«, flüsterte Kim.
Die Tür war angelehnt.
Die Mädchen verständigten sich mit Blicken und schlichen hintereinander leise über den Flur. Die Stimmen wurden lauter. »Hauke, so geht das nicht! Wir stellen Ökomode her. Bio ist für uns kein Trend, sondern unsere Einstellung. Wir haben unserer Umwelt gegenüber eine Verantwortung. Deshalb setzen wir auf nachwachsende

Rohstoffe und recycelte Materialien.« Piet Lübbers holte tief Luft. »Das ist kompliziert und kostet Zeit und Mühe, aber so habe ich die Firma aufgebaut.«

»Papa, glaube mir. Das rechnet sich nicht«, entgegnete Hauke Lübbers barsch.

Franzi spähte durch den Türspalt. Der junge Chef saß an seinem Schreibtisch, sein Vater stand am Fenster.

»Ich bin sehr traurig, wir hatten das anders abgesprochen«, sagte Piet Lübbers zu seinem Sohn. »Hätte ich das gewusst, dann wärst du sicher nicht Firmenchef geworden.«

»Genieß deinen Lebensabend, spiel Golf oder so.« Hauke Lübbers war aufgestanden und lief durch den Raum. »Und lass mich mal machen.«

Franzi schreckte zurück, denn sie wollte unter keinen Umständen gesehen werden.

»Also hast du andere Farben verwendet?«, fragte Piet Lübbers.

Franzi beugte sich wieder vor, um in den Raum zu spähen. Beide Männer standen in großem Abstand voneinander am Fenster. Franzi beobachtete, dass Hauke Lübbers seinen Fuß zur Seite Richtung Schreibtisch schob. Sie kniff die Augen zusammen und konnte eine kleine Plastikflasche erkennen, die nun unter seinem Schreibtisch verschwand. Auch Kim und Marie registrierten diese Bewegung.

Piet Lübbers atmete tief durch. »Ich möchte, dass wir das jetzt klären.«

»Es gibt nichts zu klären«, behauptete sein Sohn.

Franzi holte ihr Handy aus der Tasche, um heimlich eine Videoaufnahme zu starten, da rutschte ihr der Marienkäfer-Stein aus der Tasche und landete mit einem Klacken auf dem Naturholz-Boden.

Erschrocken sah Franzi ihre Freundinnen an, die zusammenzuckten. Durch den Türspalt konnte Franzi erkennen, wie Hauke Lübbers sich zur Tür umdrehte. »Wir haben doch alle nach Hause geschickt?«

Franzi sah, wie er langsam zur Tür ging. Blitzschnell hob sie den Stein auf. Wegrennen war keine gute Idee, denn der Flur war lang und Lübbers war in wenigen Schritten an der Tür.
Marie zog Franzi und Kim mit sich. Einige Meter von ihnen entfernt stand ein Wandschrank. Marie riss die Tür auf und kroch hinein. Die Schritte von Hauke Lübbers dröhnten in Franzis Ohren. War er schon auf dem Flur? Es blieb keine Zeit sich umzudrehen. Franzi schob Kim in den Schrank und quetschte sich dann zu ihren Freundinnen. Marie zog die Tür zu und klemmte dabei beinahe Franzis Finger ein. Die Detektivinnen hockten jetzt in einem ziemlich kleinen Aktenschrank, in dem zum Glück nicht so viele Akten waren. Sie lauschten in die Dunkelheit hinein.
»Irgendwas habe ich gehört«, murmelte Hauke Lübbers, der jetzt direkt vor dem Schrank stand. Franzi konnte sogar seinen Atem hören.
Die Detektivinnen hielten die Luft an. Wenn er sie hier entdecken würde, wäre das für ihre Ermittlungen eine Katastrophe. Noch eine Ausrede würde er ihnen ganz sicher nicht abnehmen.
Franzi sah durch einen Luftschlitz im Schrank die Hand von Lübbers, die sich dem Griff näherte. Er berührte den Griff und drückte ihn herunter, aber die Tür öffnete sich nicht. »Mist, ich brauche den Schlüssel«, murmelte der Mann, dann konnte Franzi sehen, wie er sich wieder entfernte.
Erst nach mehreren Sekunden traute sie sich, wieder zu atmen. Vorsichtig drehte sie sich zu Kim. Ihre Freundin kauerte mit weit aufgerissenen Augen zwischen ihr und Marie. Kim litt unter Platzangst und war in der Vergangenheit bereits öfter ans Ende ihrer Kräfte gelangt, aber so blass wie jetzt hatte Franzi ihre Freundin selten gesehen. Auf Kims Stirn bildeten sich Schweißtropfen und ihr Atem beschleunigte sich.
»Ganz ruhig, Kim«, wisperte Franzi.

Kim nickte. »Ich versuche, tief ein- und auszuatmen.«
»Genau. Wie Tulsi Singh«, flüsterte Marie und lächelte. »Im Atem liegt die Kraft und die Freiheit.«
Franzi zupfte umständlich den Stein aus ihrer Tasche. »Ein Glückskäfer für dich.«
Kim nahm den Stein in die Hand und rang sich ein Lächeln ab. »Ihr seid meine Glückskäfer.«
Die drei !!! beobachteten durch den Luftschlitz, wie Piet Lübbers das Büro verließ und Richtung Produktionshalle lief.
Die Mädchen verständigten sich mit Blicken.
Franzi drückte von innen gegen die Tür, aber sie ging nicht auf.
Marie zeigte auf einen kleinen Hebel, der sich eingehakt hatte. Vorsichtig wollte sie ihn öffnen. »Mist, der klemmt.«
Auch Kim drückte jetzt von innen gegen die Tür. »Da bewegt sich nichts«, brachte sie panisch hervor.

Start
Ziel

DU BRAUCHST ...
- Deckel eines Kartons
- Papier
- Bleistift und Radiergummi
- Schere
- Geodreieck
- Kugelschreiber
- bunte Papier-Trinkhalme
- Klebstoff oder Klebestreifen
- Murmel

SCHWIERIGKEITSGRAD:
- mittel

Labyrinth im Schuhkarton

Detektivinnen und Detektive sollten regelmäßig ihre Geschicklichkeit trainieren. Besonders viel Spaß macht das mit dem Murmel-Labyrinth. Du musst den Deckel vorsichtig hin- und herbewegen und die Murmel so ins Ziel bringen.

TIPP:
Aus dem leeren Schuhkarton von deinen neuen Schuhen kannst du ein Spiel basteln.

1 Lege den Deckel auf ein Papier und zeichne die Größe auf. Dann schneidest du dieses Papier aus.

2 Lege das Papier in den Deckel und zeichne mit Bleistift und Geodreieck das Labyrinth, indem du die Anordnung der Strohhalme aufmalst. Jeder Weg wird später rechts und links von einem Strohhalm begrenzt. Je mehr Wege du dir ausdenkst, desto schwieriger wird es. Du kannst auch Sackgassen einbauen.

3 Jetzt musst du deine Zeichnung auf den Karton übertragen, indem du mit einem Kugelschreiber die Linien nachmalst und dabei so aufdrückst, dass darunter in der Pappe Rillen zu sehen sind.

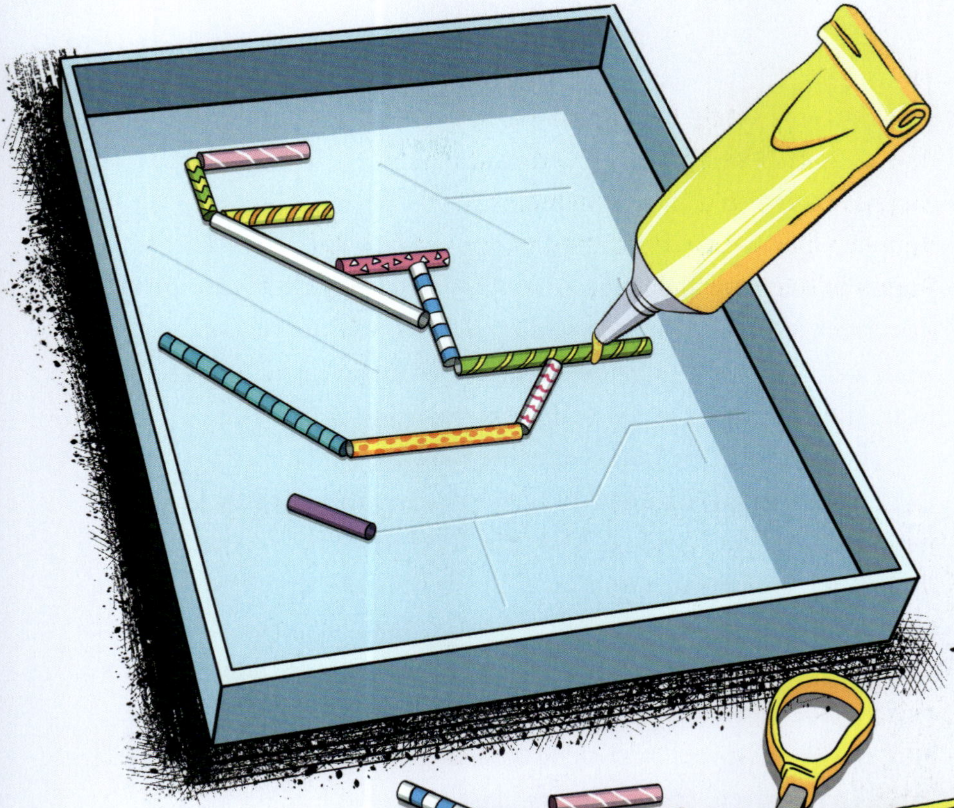

4 Schneide die Trinkhalme passend zu und klebe sie auf die Rillen in den Karton.

Franzis Tipp

Tritt gegen deine Freundin oder jemanden aus deiner Familie an. Stoppe die Zeit, um zu sehen, wie lange du vom Start zum Ziel brauchst.

Einatmen, ausatmen!

Franzi betrachtete Kims Gesicht im schwachen Schein des Lichtes, das durch den kleinen Luftschlitz fiel. Sie wirkte wie versteinert. »Ich weiß, es ist sehr eng hier drin, aber du musst keine Angst haben. Marie und ich sind bei dir«, flüsterte sie.

»Ich bekomme keine Luft«, keuchte Kim.

»Ich weiß, was du jetzt brauchst«, wisperte Franzi. Sie streckte etwas umständlich ihre Hand zu Kim. Die legte ihre Hand darauf. Marie drehte sich ein bisschen und tat es ihr nach. »Die drei !!!«, flüsterte alle drei im Chor. Franzi sagte: »Eins!«, Kim »Zwei!« und Marie »Drei!«. Dann lösten sie die Hände wieder voneinander und wisperten: »Power!!!«

Auf den Powerspruch war Verlass. Wie jedes Mal, wenn die drei !!! ihn durchführten, spürte Franzi, dass sich eine Energiewelle in ihrem Körper ausbreitete. Und auch Kim schien sich etwas beruhigt zu haben.

»Alles wird gut, Kim«, raunte Marie. »Sobald die Männer weg sind, öffne ich das Schloss und wir schlüpfen raus.«

»Ich weiß nicht, ob ich so lange durchhalte«, winselte Kim.

»Wenn nicht, fliegen wir auf«, flüsterte Franzi. Sie hockte schräg unter Kim und merkte, dass ihr rechtes Bein eingeschlafen war. Vorsichtig versuchte sie, ihre Fußzehen zu bewegen.

Plötzlich hielt Kim den Atem an.

Marie, die schräg über Kim stand, stupste ihre Freundin an. »Was ist?«

»Riecht ihr das nicht?«, hauchte Kim.

»Was denn?« Franzi versuchte, das Kribbeln in ihrem Bein zu ignorieren, und schnupperte.

»Hier riecht es nach Chemie«, flüsterte Kim.
Franzi zog ihr Handy hervor und aktivierte die Taschenlampenfunktion. Sie leuchtete neben sich auf den Boden. Da stand eine Plastikflasche. »Die sieht so aus wie die, die Hauke Lübbers gerade mit seinem Fuß heimlich unter den Schreibtisch geschoben hat«, wisperte sie. »Ich komme nicht dran.«
Marie gelang es, sich langsam ein Stück zu drehen und die Flasche mit der linken Hand zu greifen. »Firma Aminto«, las sie leise vor. »Was ist das für eine Firma?«
Kim zog ihr Handy hervor und begann zu recherchieren. »›Aminto‹«, las sie vor, »›stellt Textilfarben her.‹« Sie überflog den Text. »Hier steht aber nichts von ökologischen Farben.«
Franzi tauschte einen Blick mit Marie, denn Kim war jetzt abgelenkt. »Also ist es Chemie und könnte schädlich sein für das Nervensystem von Tieren und Pflanzen«, fasste sie zusammen.
Im selben Moment waren Schritte zu hören. Durch den Luftschlitz sahen die drei !!!, dass nun auch Piet Lübbers den Flur entlanglief. Franzi konnte nur einen kurzen Blick auf ihn erhaschen. Er sah ziemlich verzweifelt aus.
Die drei Detektivinnen warteten noch einen Moment, dann zog Marie umständlich ihr Dietrichset hervor und begann, das Schrankschloss von innen zu bearbeiten.
»Beeile dich bitte!«, keuchte Kim.
»Gar nicht so leicht«, seufzte Marie. »Es ist dunkel und hier ist kein Platz.«
»Aber mein Nervensystem ist beschädigt«, flüsterte Kim. »Trotz des Glückssteins.«
Franzi zog ihr Handy hervor. »Wir müssen unbedingt mit Emilia sprechen und herausfinden, ob sie etwas weiß.« Sie schrieb Emilia eine Nachricht, im selben Moment gelang es Marie, den Schrank von innen zu öffnen. Vorsichtig spähte sie in den Flur. »Die Luft

ist rein«, sagte sie dann und stieg heraus. Kim stolperte hinterher, direkt in Maries Arme. »Danke, dass du das Schloss aufbekommen hast.«

Franzi streckte sich und schüttelte ihr eingeschlafenes Bein. »Wir sollten noch schnell ein Foto von der Flasche im Büro schießen und dann schnellstmöglich hier raus.« Weil ihr Bein noch immer kribbelte, humpelte sie los. Die drei rannten zum Büro von Hauke Lübbers und Marie kroch ein zweites Mal unter den Schreibtisch. Franzi und Kim blieben an der Tür stehen, um aufzupassen, falls jemand kam.

»Die Flasche ist weg«, keuchte Marie.

»Da kommt jemand«, flüsterte Kim.

Franzi lugte aus der Tür und sah, wie Hauke Lübbers zu dem Schrank ging, in dem sie gerade gesessen hatten. Er hatte eine Stange dabei, mit welcher er den Schrank öffnen wollte. Verwundert stellte er fest, dass sich die Tür nun ganz leicht öffnen ließ. Was Franzi jetzt sah, machte sie fassungslos. Der Mann holte die Plastikflasche aus dem Schrank und ließ sie in einem schwarzen Müllbeutel verschwinden.

»Los, wir müssen hier weg«, rief Kim und zog Franzi am Ärmel. Marie hatte das Fenster in Lübbers Büro geöffnet und stand bereits im Fensterrahmen. Sie winkte Franzi und Kim zu sich heran und alle drei kletterten aus dem Fenster. Geduckt liefen sie an der Mauer entlang, dann über den Parkplatz Richtung *Paradies*. Franzi schnappte sich das Murmel-Labyrinth, das noch immer auf der Bank lag. Sie rasten auf das Gelände, über die Bienenwiese, an den Bienenstöcken vorbei Richtung *Erdbeere*.

Nacheinander liefen sie in den Bauwagen und schlossen die Tür.

»Hallo«, begrüßte sie eine Stimme im Bauwagen.

Franzi zuckte zusammen und drehte sich langsam um.

»Emilia!«, rief Marie. »Was machst du hier?«

»Ich war gerade auf dem Weg hierher und habe eure Nachricht gelesen. Was gibt es denn so Wichtiges?«
»Wir haben gerade etwas ganz Unglaubliches herausgefunden«, begann Franzi, während sie das Murmel-Labyrinth auf den Tisch stellte. »Eure Firma benutzt anscheinend chemische Substanzen für die Farben, die für die Natur schädlich sind.«
»Was?« Emilia schüttelte ungläubig den Kopf.
»Du weißt wirklich nichts davon?«, hakte Marie nach.
»Nein«, beteuerte Emilia.
»Ehe wir dir alles erzählen, was wir wissen, haben wir Fragen an dich«, begann Franzi und versicherte sich mit Blicken kurz bei ihren Freundinnen, dass sie jetzt den direkten Weg wählen konnte. »Kann es sein, dass du dich hier nicht wohlfühlst und dem *Paradies* schaden willst? Willst du damit bezwecken, dass dein Freund Thilo mit dir von hier weggeht?«
»Was denkt ihr denn von mir?« Emilia zog die Stirn kraus.
»Wo warst du letzte Nacht?«, begann Kim.
»Warum bist du mit einem Auto weggefahren, ohne jemandem Bescheid zu sagen?«, führte Franzi fort.
»Und wie kommt es, dass du teure Designerklamotten in deinem Schrank hast?«, führte Marie fort.
»Ah, ihr habt ja wirklich viele Dinge herausgefunden.« Emilia lächelte. »Aber es ist etwas anders, als ihr denkt. Also: Die Designerklamotten habe ich auf einer Messe vor der ›Tonne‹ gerettet. Die Kleider werden oft genau auf die Maße der Models zugeschnitten und nachdem sie von den Models einmal getragen wurden, will der Modedesigner die Sachen danach meistens loswerden.«
»Und die Models? Wollen sie die Klamotten denn nicht haben?«, fragte Marie.
Emilia zuckte mit den Schultern. »Die finden ja auch nicht alles schön. Und ja, es stimmt, dass ich nach Hause zurückmöchte. Mein

Vater ist Landwirt und er ist ganz schön einsam. Ich möchte ihn unterstützen. Leider will Thilo nicht mit.«
»Und wo warst du nun gestern Abend?«, fragte Kim.
»Ich habe mir einen Pick-up geliehen, um meinem Vater ein Kunstwerk von Tulsi zu bringen, das ihm Glück und positive Wellen geben soll«, erklärte Emilia. »Und ich musste mal raus, um mir über einiges klar zu werden.«
Die Tür ging auf und Chrissie stürmte herein. »Hier seid ihr!«
»Was ist los?«, fragte Franzi erschrocken.
»Svea möchte, dass wir uns alle im *Grünkohl* versammeln«, berichtete Chrissie außer Atem. »Es geht um die Zukunft des *Paradieses*.«
»Oh nein!« Marie sprang auf. »Das klingt nicht gut!«
Zusammen mit Chrissie und Emilia liefen die Mädchen durch den Garten Richtung *Grünkohl*. Drinnen waren bereits alle versammelt. Jonas winkte den Freundinnen zu und klopfte neben sich auf die Bank. »Hier ist noch Platz.«
Zusammen mit Emilia quetschten sie sich auf die Bank neben ihn.
»Was will Svea denn sagen?«, flüsterte Franzi Jonas zu. Der zuckte nur mit den Schultern.
Svea räusperte sich und sofort wurde es ganz ruhig im Raum. Alle starrten sie gespannt an.
»Ihr habt ja sicher mitbekommen, dass die Ereignisse sich gerade überschlagen«, begann Svea.
Im selben Moment ging mit einem Quietschen die Tür auf. Frau Klatterer kam herein. Mit ernster Miene ging sie an den Anwesenden vorbei zu Saskia, die sie überrascht ansah. In der Hand hielt sie einen Stapel Unterlagen.
»Die muss geölt werden«, flüsterte Jonas.
Franzi sah ihn entsetzt an. »Frau Klatterer?«
»Nein, die Tür.«

»Ach so.« Franzi lächelte und sah wieder zu Frau Klatterer. Sie erkannte das Kaufangebot, das sie vorhin fotografiert hatte. Sie zog ihr Handy hervor und suchte das Bild, das sie wortlos Emilia hinhielt. Die erschrak. Franzi blickte sie fragend an, während Frau Klatterer zu sprechen begann. »Liebe *Paradies*-Bewohner. Es fällt mir nicht leicht, aber ich habe soeben entschieden, das Gelände zu verkaufen.«

Ein Raunen ging durch den Raum.

»Aber sie wollten uns doch noch Zeit geben?« Svea sah die ältere Dame fassungslos an.

»Wie Sie gesagt haben, Svea, die Ereignisse überschlagen sich. Ich habe soeben erfahren, dass in Ihrem Brunnen Chemikalien aufgetaucht sind. Wenn ich jetzt nicht verkaufe, wer weiß, wie viel das Gelände noch an Wert verliert.«

»Woher wissen Sie das denn, wenn ich fragen darf?«, meldete sich Franzi zu Wort.

»Meine Quellen nenne ich nicht, aber der Käufer ist dennoch bereit, das Gelände zu kaufen«, sagte Frau Klatterer.

»Da, auf dem Bild – das Zeichen von *Rehberg-Immobilien* habe ich bei Hauke Lübbers schon mal gesehen«, sagte Emilia leise. Dabei deutete sie auf das Firmenlogo der Baufirma. »Und der Name Anika Rehberg kommt mir bekannt vor. Ich glaube, Piet Lübbers Tochter heißt Anika.«

Plötzlich hatte Franzi ein komisches Gefühl. »Frau Klatterer«, rief sie. »Bitte unterschreiben Sie den Kaufvertrag noch nicht.«

»Ach Mädchen, ich finde es schön, dass ihr euch so für das *Paradies* einsetzt, aber meine Entscheidung ist gefallen.« Frau Klatterer versuchte zu lächeln. »Es tut mir sehr leid.« Die ältere Dame lief zur Tür. »Morgen früh werde ich den Vertrag unterschreiben.« Ohne ein weiteres Wort drehte sich Frau Klatterer um und verließ das *Grünkohl*. Alle schwiegen. Niemand wusste, was er sagen sollte.

Sogar Jonas, der doch so gern in die Stadt ziehen wollte, sah bedrückt zu Boden.
Die Stille wurde durch das erneute Quietschen der Tür unterbrochen. Alle drehten sich um.
»Guten Tag. Mein Name ist Kommissar Wagner. Und das ist meine Kollegin Kommissarin Böhm.« Die Polizisten, die vorhin in der Textilfirma gewesen waren, betraten das Restaurant. »Wir würden uns hier auf dem Gelände gern noch mal umsehen und auch eine Probe aus dem Brunnen nehmen.«
»Das gibt's doch nicht«, flüsterte Marie.
»Emilia, wir glauben, dass dein neuer Chef das Wasser vergiftet hat«, flüsterte Franzi. Sie stand auf und zwinkerte ihren Freundinnen und Jonas und Emilia zu.
Leise und möglichst unauffällig schlichen sich die fünf aus dem Restaurant und huschten zur *Erdbeere.* Franzi schloss die Tür.
»Ich habe einen Verdacht«, platzte es aus ihr heraus. »Hauke Lübbers ist der Umweltschutz herzlich egal. Er will einfach schnell viel Geld verdienen, deshalb setzt er auf billigere Farben, die viele Schadstoffe enthalten. Und weil das mit den *Paradies*-Bewohnern nicht zu vereinen ist, will er die hier weghaben.«
»Und jetzt nutzt er den Skandal mit dem Gift-Wasser auch noch für seine Zwecke aus«, führte Kim den Gedanken fort. »Und will das Ganze umdrehen und nun dem *Paradies* die Schuld am Gift geben?«
»Ist das fies!«, keuchte Jonas. »Meint ihr, er hat auch das Essen im *Grünkohl* vergiftet?«
Franzi zuckte mit den Schultern. »Wir brauchen dringend Beweise.«
Marie zog ihr Dietrichset hervor. »Sollen wir noch mal in sein Büro?«
»Wart ihr da etwa schon wieder?«, fragte Emilia.

»Ja, und es ist gerade noch mal gut gegangen«, berichtete Kim. »Ich bin nicht so scharf darauf, noch mal reinzugehen.«
»Dann bleibst du draußen«, entschied Franzi. »Mit Jonas. Ihr steht Schmiere, und wenn jemand kommt, müsst ihr ihn aufhalten und uns warnen.«
»Guter Plan«, fand Marie. »Wonach genau suchen wir?«
»Wir müssen beweisen, dass Lübbers die Chemikalien verwendet hat und das Gelände kaufen will«, sagte Franzi entschieden. »Wir haben doch diese Plastikflaschen gesehen. Allerdings hat er die ja leider schon in einen Müllbeutel entsorgt.«
»Vielleicht müssen wir aber auch gar nicht noch mal in die Firma«, verkündete Jonas. »Der angeblich so tolle Wasserfilter befindet sich zwar in der Produktionshalle, aber ich weiß, wo das Wasser aus der Firma geleitet wird.«
»Ach, und woher?«, fragte Emilia.
»Hauke Lübbers hat es mir neulich erzählt«, berichtete Jonas, »als ich mich mit ihm unterhalten habe. Eigentlich ist er ganz nett, hat auch was von seiner Schwester Anika berichtet.«
Franzi horchte auf. »Anika Rehberg?«
»Ja, ich glaube. Die hat eine Baufirma und baut auch Wasserfilter in andere Häuser«, berichtete Jonas.
»Bingo!«, rief Marie. »Wir haben Fotos des Kaufvertrages mit dem Namen von Haukes Schwester drauf. Da stand doch der Name Rehberg.«
»Jetzt brauchen wir nur noch den Beweis, dass das verseuchte Wasser aus der Firma kommt«, ergänzte Kim.
»Oh Mann!« Emilia rieb sich die Wange. »Das ist ja alles schrecklich.«
»Kommt, wir überprüfen das jetzt, und wenn es sich bewahrheitet, holen wir die Polizei dazu.« Franzi lief los und drehte sich um. »Jonas, wo geht's lang?«

Jonas führte sie zu einem Loch in den dichten Büschen, die das *Paradies* umgaben. Sie krochen hindurch und hatten jetzt freien Blick auf die Rückwand des Firmengeländes. Schnell huschten sie zur Wand und an die Hausecke, wo sie stehen blieben.
»Da steht das Auto von Hauke Lübbers.« Kim zeigte auf einen schwarzen Wagen. Der Kofferraum stand offen, plötzlich tauchte Hauke Lübbers neben dem Auto auf. Die fünf gingen in Deckung. Franzi linste hinter der Ecke hervor und sah nun auch eine Frau, die sich am Kofferraum zu schaffen machte. Zusammen hoben die beiden eine große Kiste aus dem Auto. Hauke Lübbers lief zum Lieferanteneingang und kam mit einer Sackkarre zurück. Franzi konnte sehen, dass er mit aller Kraft zusammen mit der Frau den Karton darauf platzierte. Dann bewegten sie sich auf den Eingang zu. Dabei sahen sie sich immer wieder um.
»Komisch, was machen die da?«, flüsterte Kim.
»Sieht nicht so aus, als wollten sie etwas verschwinden lassen«, wisperte Franzi.
»Stimmt, hier wird etwas antransportiert.« Kim kniff die Augen zusammen. »Könnt ihr lesen, was auf der Kiste steht?«
»Nein!« Marie wühlte in ihrem Beutel. »Mist, ich habe mein Fernglas nicht dabei.«
Jonas sah sie überrascht von der Seite an. »So etwas trägst du mit dir rum?«
»Klar, das gehört zu jeder guten Detektivausrüstung dazu«, warf Kim ein.
»Wow, ihr seid ja echt professionell!«, staunte Jonas.
»Psst!«, zischte Marie. »Was machen wir denn jetzt?«
Als sie das sagte, verschwanden der Mann und die Frau durch eine Metalltür in der Halle.
»Kommt, wir gucken nach.« Geduckt lief Franzi los zur Außenwand der Halle. Dort angekommen winkte sie die anderen zu sich.

»Los!«, flüsterte sie und alle folgten. Gemeinsam schlichen sie weiter in Richtung der Tür.
Jonas zeigte zu dem Auto, aus dem Herr Lübbers und die Frau gerade den Karton gehoben hatten. Darauf war ein Aufkleber mit einem Logo.
»Filteranlagen Rehberg«, las Franzi leise.
»Ach, ist das die Firma von Lübbers Schwester?«, hakte Kim nach.
»Die, die eine Baufirma hat?«
»Stimmt«, bestätigte Jonas.
»Dann ist es jetzt klar«, wisperte Marie. »Die beiden stecken unter einer Decke.«
Franzi zog ihr Handy aus der Tasche und betrachtete das Foto vom Kaufangebot genauer. »Hier steht nur der Name *Hausbau am Deich*.«
Kim sah ihr über die Schulter. »Sie will das Grundstück des *Paradieses* also kaufen und Ferienwohnungen bauen?«
»Aber was hat Lübbers dann davon?«, überlegte Franzi.
»Der kann das Wasser weiter verpesten und keiner stellt dumme Fragen«, sagte Franzi.
Genau in diesem Moment flog die Tür wieder auf und Hauke Lübbers kam heraus. »Eine neue Filterpatrone reicht nicht. Wir müssen den kompletten Filter ersetzen, und zwar schnell.«
Die Frau kam hinterher. »Hauke, es geht nicht immer alles sofort.«
Sie war etwas jünger als ihr Bruder. Ihre langen blonden Haare waren zu einem Zopf gebunden und sie trug eine grüne Seidenbluse und einen Rock.
»Es muss. Die Polizei …« Lübbers stockte, denn er hatte die drei !!!, Emilia und Jonas entdeckt.
»Die Polizei ist Ihnen auf den Fersen«, sagte Franzi in ruhigem Tonfall.
»Ich hole Svea.« Ohne zu zögern, rannte Kim los.

»Wir wissen, dass Sie irgendwelche giftigen Farben benutzt haben, und auch, dass Sie sich mithilfe Ihrer Schwester das *Paradies* unter den Nagel reißen wollen«, sagte Franzi mit ruhiger Stimme.

»Was mischt ihr Kinder euch denn auch ein?« Hauke Lübbers wischte sich Schweiß von der Stirn.

»Ich hab doch gesagt, dass das keine gute Idee ist, alles sofort umzukrempeln«, stöhnte seine Schwester.

»Deshalb haben Sie mir freigegeben«, fiel Emilia auf. »Nicht, damit ich mich von der Vergiftung erhole, sondern damit ich von den neuen Farben nichts merke?«

Inzwischen war Kim mit Svea, Frau Klatterer und den beiden Polizisten zurückgekommen.

»Dass Sie der Umwelt derartig schaden UND Frau Klatterer hintergehen«, Svea atmete tief durch, »das ist wirklich schlimm.«

»Herr Lübbers, wir nehmen Sie mit auf die Wache«, sagte die Polizistin. »Und Sie auch, Frau Rehberg.«

Hauke Lübbers wurde immer röter im Gesicht, sagte aber nichts mehr. Seine Schwester blickte ihn ernst an. Franzi sah, dass sie unmerklich den Kopf schüttelte. Zusammen mit der Polizistin gingen die beiden wortlos an den drei !!! vorbei in Richtung des Polizeiwagens, der an der Straße parkte.

»Das Umweltamt ist auch schon auf dem Weg«, berichtete der Polizist.

»Ihr seid toll, Mädchen!« Frau Klatterer lächelte die Detektivinnen an und Svea nahm sie nacheinander in den Arm.

Jonas zwinkerte Franzi zu und drehte sich zu seiner Mutter. »Mädchen aus der Stadt sind halt ganz schön cool, Mama.«

»Ich weiß.« Svea lächelte. »Jetzt müssen wir mal sehen, wie sich das alles entwickelt.«

»An Frau Rehberg werde ich jedenfalls nicht verkaufen«, seufzte Frau Klatterer. »Allerdings brauche ich wirklich Geld.« Nachdenk-

lich starrte sie auf das Gelände des *Paradieses.* »Sie entschuldigen mich? Ich bin so müde und muss mich mal ausruhen.«
Svea lächelte die Dame an. »Natürlich, Frau Klatterer.«
Sie nickte allen zu und lief los in Richtung ihres Hauses.
Thilo kam hinzu. »Emilia, ich bin so froh, dass du wieder da bist.« Er nahm sie in den Arm und küsste sie auf die Wange.
Emilia lächelte. »Ich freu mich auch, dich zu sehen, auch wenn hier gerade alles den Bach runtergeht.«
»Also ich finde, wir sollten positiv bleiben«, bekundete Svea.
»Herr Kampen vom Gesundheitsamt wird gleich hier sein«, informierte der Polizist.
»Ich könnte ihm alles zeigen, was er sehen möchte«, schlug Emilia vor. »Ich arbeite bei *Green Look*.«
»Ja, das wäre gut.«
»Gut. Saskia und ich wollen jetzt planen, was wir zum Abendessen kochen.« Thilo gab Emilia einen Kuss auf die Wange. »Bis später.«
»Wir warten mal ab, was Herr Kampen herausfindet, und ich informiere euch später, okay?«, schlug Emilia vor.
Emilia blieb mit dem Polizisten zurück, während die anderen wieder das *Paradies* betraten.
»Ich glaube, ich muss mich mal kurz hinhauen«, seufzte Kim. »Ermitteln macht auch manchmal müde.«
»Aber die Ermittlungen sind noch nicht vollständig abgeschlossen«, wandte Franzi ein.
»Du sollst dich auch nicht hinhauen, sondern *wegwerfen*!« Marie grinste.
»Was?« Kim zog die Augenbrauen zusammen.
Aus ihrem Beutel fischte Marie einen Flyer von Tulsi Singh. Sie klappte ihn auf und tippte auf den Kursplan. »Wegwerfen, wegschmeißen, kaputtlachen.«
»Also jetzt verstehe ich gar nichts mehr.« Kim zog die Schultern hoch.

»Lach-Yoga«, erklärte Marie. »Ich hab uns angemeldet.«
»Och nö!«, rief Kim.
»Danach sind wir voller Energie, Kim, glaub mir.« Marie steckte den Flyer wieder ein.
»Wir brauchen noch einen Kick. Der Fall ist außerdem noch nicht vollständig gelöst.« Franzi warf Kim einen Blick zu. »Wir wissen noch immer nicht, wer die Suppe mit den grünen Kartoffeln vergiftet hat.«
»Und ehe das nicht geklärt ist, darf das *Grünkohl* auch gar nicht für Besucher öffnen«, gab Marie zu bedenken. »Und dann haben die *Paradies*-Bewohner weiterhin kein Geld.«
»Unser Powerspruch würde mir jetzt reichen, aber meinetwegen«, sagte Kim.

Eine halbe Stunde später standen Kim, Franzi und Marie mit Tulsi Singh, Saskia, Hannes und Jonas auf dem runden Rasenplatz in der Mitte der Bauwagen und atmeten ganz ruhig ein und aus.
»Gleich gackern wir im herabschauenden Hund«, flüsterte Kim Franzi zu.
»Dann sind wir lachende Hühner«, raunte Franzi.
Kim musste kichern.
»Schön, meine liebe Kim«, sagte Tulsi. »Das ist ein guter Anfang.« Dann klatschte er in die Hände. »Eins, zwei, drei, vier. Macht mit.«
»Ha-ho-ho-ho«, machte Tulsi jetzt, passend zu seinem Klatsch-Rhythmus.
Franzi beobachtete Marie und war etwas neidisch, dass ihre Freundin so voller Inbrunst mitmachte.
Kim neben ihr wackelte mit den Armen, wie beim Ententanz.
»Alles ist erlaubt-ha-ha-ha-ha«, rief Tulsi. »Das ist die kindliche Freude. Ha-ho-ho-ho!« Er klatschte.
Franzi versuchte, mitzumachen.

»Und jetzt das von Herzen kommende Lachen«, erklärte Tulsi. »Wir atmen laaaaange ein und dann halten wir den Atem.« Er machte es vor. »Und jetzt ausatmen: ha-ha-ha-ha!«
Franzi machte mit und merkte, wie sie langsam etwas lockerer wurde. Auch Marie wirkte schon entspannt.
Die nächste Übung war, aufeinander zuzugehen und dabei zu lachen und sich gegenseitig an den Händen zu kitzeln. Nun wurde auch Kim immer zutraulicher. Jonas kam auf Franzi zu und lachte sie an. Jetzt musste auch Franzi lachen. Als Kim und Marie kurz darauf gleichzeitig lachend auf sie zukamen, prustete sie los. Alle Teilnehmer kicherten nun. Franzi musste immer mehr lachen, aber plötzlich verschluckte sie sich und musste husten. Lachen und husten gleichzeitig war gar nicht so ohne, jetzt traten ihr Tränen in die Augen.
Tulsi kam zu Franzi. »Am besten, du trinkst kurz etwas. In meinem Bauwagen gibt es frischen Kräutertee.«
Franzi nickte und betrat hustend und noch immer lachend Tulsis Wagen.
An der Wand hing ein Batiktuch und an einem Kleiderbügel hing ein gelbes Hemd mit großem Blütenmuster. Franzi nahm die Teekanne, die auf dem kleinen Tisch stand, und goss sich den Tee in ein Glas. Plötzlich musste sie wieder lachen und vergoss dabei Tee.
»Mist!« Franzi sah sich nach einem Geschirrtuch oder Lappen um. Unter der kleinen Spüle war ein Schrank, den sie schnell öffnete. Sie griff nach einem Lappen, der darin lag, und zog daran. Dabei fiel ein Zettel heraus. Schnell hob sie ihn auf und wollte ihn wieder in den Schrank legen, da wurde sie stutzig. *Mindestens ein Kilo grüne Kartoffeln klein hacken und vor dem Verzehr in die Suppe mischen,* stand da. Unterschrieben mit dem Buchstaben L.
Lübbers!, schoss es Franzi durch den Kopf. Schnell steckte sie den Zettel ein, trank noch einen Schluck und lief dann wieder auf die

Rasenfläche zu ihren Freundinnen, die sich gerade lachend auf die Oberschenkel schlugen und dann ihre Arme in die Höhe warfen und »Yeah!« riefen.
»Ich muss euch was erzählen«, flüsterte sie, aber Kim schüttelte den Kopf. »Jetzt bin ich gerade so schön drin«, schnaufte Kim und riss die Arme in die Luft. »Yeah!«
Franzi war das Lachen vergangen. »Es ist wichtig.«
»Was ist wichtig?« Tulsi kam auf Franzi zu. Kurz überlegte sie, aber dann entschied sie sich für den direkten Angriff. Sie zog den Zettel aus ihrer Tasche und hielt ihn Tulsi vor die Nase. »Hast du die Suppe vergiftet? Im Auftrag von Hauke Lübbers?«
Schlagartig wurde es mucksmäuschenstill.
Tulsi lachte auf. Es klang ganz und gar nicht mehr so fröhlich wie gerade eben noch, sondern sehr unsicher.
Kim nahm Franzi den Zettel aus der Hand und las ihn, Marie schaute ihr über die Schulter und las mit.
»Wo hast du den Zettel her?«, fragte Kim.
»Ich hab vor Lachen Tee vergossen und wollte das wegwischen«, berichtete Franzi. »Tja, und im Schrank unter der Spüle war der Zettel.«
Tulsi sah mittlerweile so weiß aus wie seine Yoga-Hose. »Ich ... ich ...«, stotterte er. »Es ... es ... es tut mir sehr leid. Herr Lübbers hat mir ganz schön viel Geld angeboten, wenn ich das mache. Damit kann ich mir endlich meine eigene Yoga-Schule aufbauen.« Tulsi senkte den Kopf. »Ich hatte mich vorher informiert, mit welchen Nebenwirkungen zu rechnen ist.«
»Und weil man nicht dran stirbt, war es okay für dich?«, fragte Saskia.
»Nein, ich hätte das nicht machen dürfen. Es tut mir sehr leid.«
Hannes nahm Kim den Zettel in der Hand. »Tulsi! Das ist nicht dein Ernst! Du hast uns alle in Gefahr gebracht?«

»Du bist schuld daran, dass wir das *Grünkohl* schließen mussten!« Saskia schüttelte entsetzt den Kopf.
Franzi erinnerte sich an die schlimmen Magenschmerzen und die Übelkeit. »Warum hast du das gemacht?«
Tulsi legte vor der Brust die Handflächen ineinander. »Ich weiß nicht, was mich da geritten hat.«
»Das verstehe ich ehrlich gesagt auch nicht.« Franzi breitete die Arme aus und zeigte auf eine große Linde, deren herzförmige Blätter im leichten Wind hin- und herwogten. »Hier gibt es die schönsten Bäume, Pflanzen und Blumen. Es ist möglich, die eigene Nahrung selbst anzubauen.« Franzi pflückte eine Himbeere von einem Strauch und atmete den Duft einer wilden Rose, die neben Tulsis Bauwagen wuchs, tief ein. »Man kann das Meer riechen, in wenigen Minuten ist man am Strand. Ihr könnt die ganze Zeit in der Natur sein und ihr habt freie Sicht auf Wiesen, Felder und das Meer. Was kann denn schöner sein, als in einem Paradies zu leben? Warum setzt man so etwas Kostbares so leichtfertig aufs Spiel?«
»Nicht für jeden ist das das Paradies«, sagte Jonas.
»Ich habe gesagt, ihr lebt in *einem* Paradies«, sagte Franzi. »Natürlich gibt es viele, und jeder muss sein eigenes finden. Aber ohne die Natur können wir Menschen nicht leben. Wir brauchen sie, aber sie uns nicht. Ich empfinde es als Geschenk für euch, dass ihr hier leben könnt.«
»Bravo, kleine Schwester!« Franzi hatte nicht bemerkt, dass Chrissie und Svea dazugekommen waren.
Tulsi vergrub sein Gesicht in den Händen, dann sah er wieder auf. »Du hast recht, Franziska. Ich schäme mich jetzt auch dafür.«
»Wofür?«, fragte Svea.
Alle starrten Tulsi an.
Er atmete tief durch und Franzi war nicht sicher, ob er gleich in ein tiefes gleichmäßiges *Ommmm* einstimmen würde, aber dann sagte er

mit ernster Stimme: »Ich habe mich verführen lassen. Von Hauke Lübbers. Er hat mir viel Geld geboten und dafür habe ich die grünen Kartoffeln in die Suppe gemischt.« Tulsi atmete schwer. »Es tut mir unendlich leid, Svea. Ich packe noch heute meine Sachen und verschwinde.« Er sah mit traurigen Augen in die Runde und blickte dann Franzi an. »Danke, dass du mir die Augen geöffnet hast. Du bist sehr weise, Franziska. Du weißt besser als ich, worauf es wirklich ankommt: auf Gemeinschaft, Solidarität, Liebe zur Natur. Ich werde mein Leben ändern. Nennt mich bitte wieder Jürgen.«
Kim musste kichern. Franzi warf ihr einen gespielt mahnenden Blick zu.
»Leider hast du das ja jetzt ziemlich spät bemerkt, Tulsi.« Svea blickte ernst. »Aber ich habe das Gefühl, dass du auch nur ein Opfer bist. Von diesem Lübbers und seinem Geld.«
Tulsi legte wieder seine Handflächen aneinander und senkte den Kopf. »Danke, Svea. Ich möchte es wiedergutmachen. Sag mir, was ich tun soll.«
»Erstmal musst du bei der Polizei eine Aussage machen«, begann Svea. »Das bist du uns schuldig.«
»Das mache ich sofort.« Tulsi sah sich um. »Sind die Polizisten noch hier?«
»Ich kann dich mit dem Rad in den Ort begleiten«, bot Jonas an. »Und im Supermarkt fürs Abendessen einkaufen?« Er sah seine Mutter fragend an.
»Gute Idee!« Svea lächelte. Sie drehte sich zu dem Yoga-Lehrer. »Tulsi, wir sprechen noch mal in Ruhe über alles, wenn du ausgesagt hast.«
»Jürgen, meine liebe Svea, nenne mich bitte Jürgen.«
»Gut, Jürgen.« Svea sah die drei !!! an. »Ihr seid wirklich sehr clever. Ohne euch hätten wir nicht so schnell gemerkt, dass das Wasser im Brunnen giftig ist. Und auch Tu… … äh … Jürgens Aktion hätte sich womöglich nicht aufgeklärt.«

»Und Frau Klatterer hätte ganz sicher den Kaufvertrag unterschrieben«, sagte Chrissie.
»Hoffentlich macht sie das nicht auch so«, gab Svea zu bedenken.
»Das kann ich mir beim besten Willen nicht vorstellen«, sagte Marie. »Da muss es doch eine andere Lösung geben.«
»Jetzt warten wir erstmal ab«, sagte Svea.
»Los, Jonas, lass uns zur Polizei fahren.« Jürgen alias Tulsi Singh zog sich sein zitronengelbes Hemd über und lief los. Jonas legte die Handflächen aneinander und lächelte die drei !!! an. Franzi merkte, dass ihr kurz sehr warm wurde und sich ihre Wangen rot färbten. Marie, die das beobachtet hatte, grinste. »Alle Erdbeeren ab in die *Erdbeere*!«, sagte sie und zwinkerte Franzi zu.
»Ja, ich muss mich auch mal kurz sammeln und ausruhen«, meinte Kim.
»Und ich gucke mal nach unserem Lenchen«, verkündete Chrissie.
Die Lach-Yoga-Runde löste sich auf.
Die drei !!! liefen über die Wiese zur *Erdbeere*. Franzi pflückte einige Gänseblümchen.
»Willst du ›Er liebt mich, er liebt mich nicht‹ spielen?«, neckte sie Marie.
Franzi verdrehte die Augen.
Kim nahm ihr die Blumen aus der Hand. »Ich habe eine bessere Idee. Wir pressen die Blumen und nehmen sie als Andenken mit.«

Detektivtagebuch von Kim Jülich

Donnerstag, 20:17 Uhr

Wir haben den Fall gelöst. Wir wissen zwar noch nicht, ob für das Paradies alles gut ausgeht und die Paradiesbewohner bleiben dürfen, aber es ist jetzt erwiesen, dass Hauke Lübbers sowohl hinter den grünen Kartoffeln in der Suppe steckt als auch giftige Farben für die Produktion in seiner Öko-Mode-Firma benutzt hat. Das ist doch unglaublich! Er hat schon so viel Geld, sodass er Tulsi-Jürgen bestechen konnte. Und er will noch mehr Geld. Ich habe recherchiert: Öko-Mode herzustellen ist natürlich viel aufwendiger und teurer. Piet Lübbers hat in eine so gute Filteranlage für seine ohnehin aus Pflanzen hergestellten Farben investiert, aus der kristallklares Wasser ins Meer geleitet werden konnte. Und Hauke schert sich nicht darum, er hat einfach andere Farben verwendet und die Umwelt verpestet. Das hat die Polizei Svea gemeldet. Sie hat uns beim Abendessen, das Jürgen, Jonas, Saskia und Thilo zusammen gemacht haben (es gab Burger und Pommes, das hatte Jonas sich gewünscht ☺), berichtet. Das Umweltamt hat nun Proben genommen, auch aus dem Brunnen. Die Ergebnisse kommen morgen.

Vorerst lässt sich festhalten: Hauke Lübbers wird so nicht weiterarbeiten dürfen. Er muss sich sicher vor Gericht verantworten, auch dafür, dass er durch die Sache mit den grünen Kartoffeln in der Suppe so vielen Gästen des Grünkohls geschadet hat. Svea wird Jürgen wohl nicht anzeigen, aber er hat es selbst getan. Er ist wirklich sehr reumütig.

Franzis flammende Rede für das Paradies hat alle sehr aufgewühlt. Sie wollen unbedingt hier leben! Ich kann das so gut verstehen, es ist wirklich paradiesisch. Jetzt müssen wir nur noch Frau Klatterer davon überzeugen, das Grundstück nicht zu verkaufen. An Lübbers wird sie sicher nicht verkaufen, aber es gibt ja vielleicht noch weitere Interessenten. Und: Was wird aus Green Look? Piet Lübbers möchte sich ja zur Ruhe setzen, aber auf seinen Sohn kann er nicht zählen. Wie traurig!

Geheimes Tagebuch von Kim Jülich

Donnerstag, 22:09 Uhr

► Dieses Tagebuch ist geheim! Solltest du trotzdem weiter darin lesen, musst du dir in Zukunft mit der Laufente Lenchen die Schnecken teilen! ◄

Auch das Leben im Paradies macht müde. Nach diesem aufregenden Tag sind wir alle drei ganz schön durch den Wind. Immerhin sind wir auch noch mal am Meer gewesen und haben uns eine frische Brise um die Ohren pusten lassen. Es ist uns allen unverständlich, wie man so ein schönes Fleckchen Erde und Menschen, die mit der Natur im Einklang leben möchten, so angreifen kann. Wozu Menschen fähig sind, ist immer wieder erschreckend. Umso besser, dass wir dem Typen das Handwerk gelegt haben. Der wird so schnell keine Fische,

Schnecken und Franzis mehr mit giftiger Farbe und grünen Kartoffeln vergiften können. Ich finde es wirklich interessant, wie alles miteinander zusammenhängt: Chrissie hat mit dem vergifteten Wasser den Salat gegossen, die Schnecken sind durch die Chemie verendet, und Lenchen hat das Gift zu sich genommen, als sie eine vergiftete Schnecke gefressen hat. Da sieht man mal, dass alles ein Kreislauf ist und wir Menschen umdenken müssen, weil wir die Natur brauchen.

Jetzt müssen wir nur noch hoffen, dass Frau Klatterer das Paradies nicht verkauft. Denn zum Glück gibt es ja auch so viele gute Menschen, und die sollen bitte hier wohnen bleiben dürfen!

Einladung
Für Oma

DU BRAUCHST …

- Blumen (aus dem Garten, vom Balkon oder aus der Natur)
- 2 Blatt Druckerpapier oder Löschpapier
- dicke Bücher

SCHWIERIGKEITSGRAD:

- mittel

Gepresste Blumen – »Für immer Dein«

Gepresste Blumen sind einfach wunderschön! Du kannst damit Lesezeichen oder Grußkarten verzieren. Auch in Bilderrahmen an der Wand sind sie ein echter Hingucker. Außerdem sind sie ein tolles Geschenk für die Familie, Freunde oder Freundinnen.

Welche Blumen lassen sich gut pressen?

Je weniger Feuchtigkeit die frischen Blumen bei der Ernte enthalten, umso besser lassen sie sich pressen. Von Natur aus dicke und fleischige Pflanzen wie Rosen können dagegen schneller schimmeln. Außerdem solltest du auf die Farbbeständigkeit der Blume achten. Einige Blüten verlieren während des Trocknens ihre Farbe und werden braun. Ohne Farbverlust kannst du zum Beispiel Gänseblümchen, Mohn, Lavendel, Schleierkraut, Geranien, Margeriten, Stiefmütterchen, Holunderblüten und Veilchen pressen.

1 Stecke das Blatt Papier mittig in dein Buch und lege eine frische Blume darauf. Der Kopf der Blüte sollte dabei nach unten zeigen. Bedecke die Blume anschließend mit einem weiteren Blatt Papier und schließe vorsichtig das Buch.

2 Verwende weitere Bücher oder einen Ziegelstein, um das Buch zusätzlich zu beschweren. So werden deine Blumen optimal gepresst.

ACHTUNG: Sobald du das Buch geschlossen hast, solltest du es nicht sofort wieder öffnen. Lass dir für die Anordnung der Blumen also genügend Zeit.

3 Wechsele alle paar Tage das Papier, bis deine Blüten durchgetrocknet sind. Das Pressen dauert etwa zwei Wochen. Die Dicke, Größe und Beschaffenheit deiner Pflanzen hat Einfluss auf die Trockendauer.

5 Rahme deine Blumen nun vorschichtig oder verziere damit Briefe oder andere Geschenke.

Kims Tipp

Blütenblätter, Stiele und Blätter können die Buchseiten verfärben. Außerdem führt die abgegebene Feuchtigkeit der gepressten Pflanzen häufig zu gewelltem Papier. Deshalb solltest du zum Pressen Bücher nehmen, die dir nicht ganz so wichtig sind. Gut geeignet sind zum Beispiel alte Telefon- oder Wörterbücher. Du kannst aber auch eine Klarsichtfolie zwischen das Papier und die Seiten legen.

Im Paradies für immer!

Als Franzi am nächsten Morgen aufwachte, schnupperte sie zunächst den Duft von Kakao, der durch die *Erdbeere* strömte.
»Guten Morgen, Schlafmütze!«, begrüßte Kim sie mit einer weißen Tasse mit rotem Erdbeermuster in der Hand. »Hast du gut geschlafen?«
Franzi streckte sich. »Paradiesisch. Die Luft ist so gut hier.«
»Ja, die Mischung aus Meersalzgeruch und Kakao ist wirklich genial«, bestätigte Marie, die bereits perfekt gekleidet und frisiert in den Bauwagen kam. Ihre langen Haare hatte sie geflochten und zwei Zöpfe oben auf dem Kopf zusammengesteckt. Sie holte ein kleines Döschen aus ihrer Hosentasche. »Sind eure Lippen auch so rau von der Meeresluft?« Mit dem Zeigefinger schmierte sie sich etwas auf die Lippen. »Mhh, das riecht so angenehm. Und es fühlt sich toll an.« Marie presste die Lippen aufeinander und verschloss das kleine Döschen wieder.
Franzi nahm es ihr aus der Hand. »Was ist das?«
»Bienenwachsbalsam. Selbst hergestellt von Svea«, berichtete Marie. »Sie will uns später noch erklären, wie das geht.«
Chrissie steckte den Kopf durch die Tür. »Guten Morgen, Mädels. Ich habe gute Nachrichten und schlechte Nachrichten. Welche wollt ihr zuerst?«
»Natürlich die guten«, sagte Franzi.
»Unsere geplante Demo ist bewilligt worden und findet in ein paar Tagen statt.«
»Oh, das ist ja super!«, rief Franzi und sprang auf. Dabei fiel das Döschen mit dem Bienenwachs scheppernd zu Boden. »Wir haben

noch gar nicht angefangen, Plakate zu malen. Und Flyer sollten wir auch vorbereiten.« Franzi hob den Lippenbalsam auf. »Was ist denn die schlechte Nachricht?«
»Hat es mit dem Verkauf des *Paradieses* zu tun?«, fragte Kim besorgt.
»Nein, da gibt es noch keine Neuigkeiten. Die schlechte Nachricht ist, dass ihr dann bereits wieder abgereist seid«, erklärte Chrissie.
»Dann gibt es jetzt noch mehr zu tun.« Franzi schlüpfte in ihre Jeans. »Plakate malen und Frau Klatterer überreden, dass sie nicht verkaufen darf.«
»Aber sie braucht doch Geld«, wandte Marie ein.
»Es muss doch eine Lösung geben.« Kim stand auf. »Kommt, wir frühstücken und dann besuchen wir sie.«

Nachdem die drei !!! im *Grünkohl* eine Portion Joghurt mit Obst und von Saskia frisch gebackene Croissants zu sich genommen hatten, liefen sie den Weg zu Frau Klatterers Villa entlang.
»Svea war wohl mit Jürgen heute noch mal bei der Polizei«, wusste Kim. »Das hat mir Hannes gerade erzählt. »Und die Leute vom Umweltamt haben heute Morgen auch noch mal Proben genommen.«
»Ich bin gespannt, was dabei herauskommt.« Franzi blieb stehen. »Wie genau sieht unser Plan aus?«
»Wir überzeugen sie, nicht zu verkaufen. Sie kann doch auch einfach ihr Haus verkaufen und ins *Paradies* ziehen«, fiel Marie ein.
»Keine schlechte Idee«, sagte plötzlich eine Stimme hinter der Buchsbaumhecke, die den Weg zierte. Mit einer Gartenschere bewaffnet tauchte Frau Klatterer auf.
Die drei !!! erschraken.
»Haben Sie gehört, worüber wir gesprochen haben?«, fragte Kim.
»Ja, ich muss schon sagen, ihr habt eine ganz besondere Art, euch einzumischen«, sagte Frau Klatterer und wischte sich mit dem Handrücken über die Stirn.

»Jürgen hat mir heute Morgen bei unserer gemeinsamen Privat-Yoga-Stunde bereits alles berichtet. Wie ihr Lübbers auf die Spur gekommen seid, und vor allem aber, was ihr über das *Paradies* gesagt habt.« Frau Klatterer lächelte. »Und ich muss sagen, ihr habt das wunderbar gemacht.« Sie deutete auf die große Villa. »Wisst ihr, seit mein Mann verstorben ist und meine Tochter mit ihrer Familie nach Süddeutschland gezogen ist, bin ich manchmal ganz schön einsam in dem alten Klotz.«

»Dann ziehen Sie doch wirklich ins *Paradies*«, sagte Marie strahlend. »Dort ist man selten allein, und man muss auch nicht selber kochen.«

»Ach hallo!« Svea kam den Weg entlang. »Ich wollte kurz mit Ihnen sprechen, Frau Klatterer. Es gibt Neuigkeiten. Ich weiß gar nicht, wo ich anfangen soll.«

Franzi hielt den Atem an.

»Also: Im Brunnen wurden nur kleinste Rückstände von Chemikalien gefunden. Es wird heute jemand kommen, der uns hilft, das Wasser aus dem Brunnen zu pumpen. Bis dahin werden wir weiter mit dem Wasser aus der Leitung gießen. Lenchen ist über den Berg und unsere angebauten Pflanzen sind bis auf die von Chrissie gegossenen Pflanzen unbedenklich genießbar. Vermutlich sind nur geringe Mengen der Chemikalien ins Grundwasser gelangt. Dank euch.« Svea lächelte die Detektivinnen an. »Ihr habt Schlimmeres verhindert. Und«, Svea machte eine kleine Pause, »das *Grünkohl* darf wieder öffnen, weil Jürgen zugegeben hat, dass er die Suppe vergiftet hat.«

»Das ist ja großartig«, freute sich Marie.

»Und was ist mit Hauke Lübbers?«, fragte Kim.

»Der muss sich vor Gericht verantworten«, berichtete Svea. »Er wollte ja auch noch alles vertuschen, indem er noch schnell einen neuen Filter einbaut.«

»Ja, dabei haben wir ihn erwischt.«

»Da kommt ja auch ganz schön was zusammen.« Kim zählte die Taten an den Fingern ab. »Erpressung, Vergiftung der Umwelt, dann der Betrug mit dem Kaufvertrag, auf dem nur der Name seiner Schwester stand.«
»Er sollte sich wirklich schämen«, wetterte Frau Klatterer.
»Wenn das *Grünkohl* wieder aufmacht, dann könnten wir doch heute alle einladen und zusammen feiern?«, schlug Franzi vor.
»Das ist eine tolle Idee.« Svea lächelte. »Frau Klatterer? Kommen Sie auch?«
Die ältere Dame nickte. »Ich bringe selbst gemachte Himbeerlimonade mit.« Sie deutete auf eine kleine Himbeerhecke.
»Super!«, freute sich Svea. »Dann sage ich mal Saskia und Thilo Bescheid.«
»Wir helfen auch mit«, rief Franzi. Sie drehte sich zu Frau Klatterer und sah sie etwas unsicher an. »Wer weiß, vielleicht gibt es ja heute noch weitere Überraschungen?«
Frau Klatterer lächelte vielsagend. »Das kann sein.«

Die drei !!! hatten den ganzen Tag im *Paradies* geholfen. Erst hatten sie die Wollschweine gefüttert, mit Lenchen Schnecken gesucht, dann Gemüse geerntet und geputzt. Saskia und Thilo waren dabei, das Gemüse in Olivenöl anzubraten, frisches Knoblauchbrot war in Vorbereitung und ein Risotto mit Spargel, den Jonas auf dem Markt gekauft hatte. Dazu gab es essbare Blüten. Marie hatte aus Feldblumen eine Blumendeko auf den Tischen verteilt.
Passend zum Essen und zur Deko hatten die drei !!! sich selbst geschmückt. Marie hatte Blumenkränze geflochten und sich und ihren Freundinnen in die Haare gesteckt.
»Du siehst aus wie eine Blüten-Elfe«, freute sich Franzi, als sie Marie anblickte.
»Ihr auch«, gab die zurück.

»Blüten-Elfen bringen ziemlich viel Glück«, lachte Jonas, der mit einer Holzkiste voller Gläser an ihnen vorbei ins *Grünkohl* lief.
»Ich bin so gespannt, ob Frau Klatterer wirklich ihr Haus verkaufen wird«, wisperte Kim, als sie das *Grünkohl* betraten. Svea hatte Bienenwachskerzen auf den Tischen verteilt.
»Das duftet alles so schön!«, freute sich Marie.
»Ja, die Natur hat die allerschönsten Gerüche«, freute sich Kim.
»Da sagst du was«, sagte eine Stimme hinter den Detektivinnen. Es war Piet Lübbers. »Ich hab euch zu verdanken, dass mein Sohn nichts Schlimmeres angerichtet hat.« Auf seinem Gesicht deutete sich ein Lächeln an.
»Hallo, Herr Lübbers, schön, dass Sie gekommen sind.« Svea gab dem Mann die Hand.
»Danke für die Einladung«, gab der zurück.
»Darf ich Sie mal etwas fragen«, platzte es aus Kim heraus. Ohne auf die Antwort zu warten, fuhr sie fort. »Führen Sie die Firma jetzt wieder allein?«
Der Mann lächelte. »Ich habe meinem Sohn wieder die Verantwortung entzogen, aber auf Dauer brauche ich einen neuen Geschäftsführer.«
Franzis Blick fiel auf Emilia, die Thilo dabei half, das Brot auf den Tischen zu verteilen. »Oder eine Geschäftsführerin?«
Piet Lübbers folgte Franzis Blick. »Ja, das wäre natürlich auch eine Idee.« Der Mann überlegte kurz, dann rief er: »Emilia, kommen Sie mal kurz?«
»Klar, Herr Lübbers.« Emilia rieb sich das Mehl an ihrem langen Blumenkleid ab. »Es tut mir leid, wie alles gelaufen ist.«
»Danke, Emilia.« Piet Lübbers lächelte. »Ich habe eine Frage an Sie, Emilia. Sie sind eine so talentierte und engagierte Mitarbeiterin – könnten Sie sich auch vorstellen, *Green Look* zu leiten?«
Emilia begann zu strahlen. »Ich kann mir nichts Schöneres vorstellen, aber ...«, sie stockte, »... mein Vater ...«

»Der kann doch zu uns ziehen, wir können einen Mann mit seiner Erfahrung im Obst- und Gemüseanbau gebrauchen«, mischte sich Thilo ein. Svea nickte.
»Gut, ich frage ihn. Gleich jetzt.« Emilia verließ das *Grünkohl*. Dabei stieß sie fast mit Frau Klatterer zusammen.
»Könnt ihr auch eine Frau gebrauchen, die sehr gute Himbeerbrause herstellt?« Frau Klatterer war dazugekommen.
Alle guckten sie überrascht an.
»Ich werde mein Haus verkaufen und würde gern ins *Paradies* ziehen«, verkündete sie mit zittriger Stimme.
»Frau Klatterer!« Svea fiel der alten Dame um den Hals. »Das würden Sie tun?«
»Und ich sage hiermit gerne zu, Herr Lübbers.« Emilia kam zurück. »Wir brauchen nur einen Bauwagen für meinen Vater.«
»Aber in der *Erdbeere* ist dann kein Platz«, sagte Frau Klatterer und lächelte.
»Wir bauen einen neuen Wagen!« Glücklich nahm Thilo Emilia in den Arm und küsste sie.
»Wow, ich sage doch: Blüten-Elfen bringen Glück!«, lachte Jonas. »Ihr könntet mich aber mal ab und an in die Stadt zaubern, dann wäre alles gut.«
»Das kriegen wir hin. Wir holen dich einfach öfter mal hier ab«, scherzte Franzi. »Und bleiben dann auch so für ein bis drei Wochen.«
»Für euch bauen wir auch noch einen Wagen. Den Blumen-Wagen für die Blüten-Elfen«, schlug Jürgen vor. »Ich helfe.«
Kim und Marie lachten.
»Hab ich was verpasst?« Chrissie kam mit Schweiß auf der Stirn ins *Grünkohl*.
»Einiges. Wo warst du denn?«, wollte Franzi wissen.
»Bei den Wollschweinen gab es Nachwuchs«, erklärte Chrissie.

»Das sagst du uns erst jetzt?« Franzi lief aus der Tür zum Stall der Wollschweine. Ihre Freundinnen folgten ihr.
Im Stall war ein leises Quieken zu hören und dann entdeckte Franzi viele kleine Schweinchen.
»Oh, wie süß!«, riefen alle drei Mädchen wie aus einem Mund.
»Ich hab eine Idee«, sagte Franzi und ließ dabei die kleinen Schweinchen nicht aus dem Blick. »Wir fragen Emilia, ob *Green Look* T-Shirts für die Demo machen kann mit der Aufschrift: ›Schützt die Natur, dann fühlt ihr euch sauwohl.‹«
»Oder: ›Plastikmüll im Meer? Ich glaub, mein Schwein pfeift!‹«, schlug Kim vor.
Die drei Freundinnen beobachteten, wie die kleinen Schweinchen lustig übereinanderpurzelten.
»Das ist das *Paradies*!«, flüsterte Franzi und ihre Freundinnen nickten glücklich.

DU BRAUCHST …

Aus der Apotheke oder der Drogerie:

- 20 g Bienenwachs-Perlen (oder Reste von Bienenwachskerzen)
- 20 g Bio-Sheabutter
- 20 g Bio-Kokosöl
- ein paar Tropfen ätherisches Öl, z. B. Zitrone

Außerdem:

- 3–4 kleine Gläser oder Dosen

SCHWIERIGKEITSGRAD:

- hoch

Maries Balsam für traumhaft weiche Lippen

Dieser tolle Lippenbalsam ist ein wunderbares Mitbringsel für Freundinnen und sollte auch in deiner Tasche niemals fehlen! Stelle gleich einen Balsam für dich und für deine Detektivkolleginnen her.

1 Schmilz die Bienenwachsperlen zusammen mit der Sheabutter und dem Kokosöl in einem Wasserbad. Dafür füllst du einen Topf zur Hälfte mit Wasser und erwärmst es. In diesen Topf stellst du eine passende Metallschale oder einen kleineren Topf. Dieses Gefäß sollte auf dem kochenden Wasser »schwimmen«. Achte darauf, dass kein Wasser hineingelangt. In das obere Gefäß kommen das Wachs, die Sheabutter und das Kokosöl. Durch den Wasserdampf schmilzt das Wachs und vermischt sich mit dem Öl und dem Fett. Lass dir beim Schmelzen von einem Erwachsenen helfen.

2 Rühre vorsichtig mit einem Löffel um. Vorsicht, heiß!

3 Gib nun 5–10 Tropfen ätherisches Öl dazu.

Maries Tipp

Marie nimmt als ätherisches Öl häufig Lemongrass, das riecht frisch und zitronig. Für Franzi hat sie eines mit würzigem Zimt-Öl gemacht und für Kim hat sie sich Lavendel-Öl ausgesucht. Falls du veganes Lippenbalsam herstellen möchtest, verwende Carnaubawachs statt Bienenwachs.

4 Fülle den flüssigen Lippenbalsam mit einem Löffel vorsichtig in die Gläser oder Dosen.

5 Das Wachs wird recht schnell hart. Nach einer Viertelstunde kannst du den Balsam benutzen.

DIY-Anleitungen

Leseprobe

192 Seiten, €/D 13,– Preisänderungen vorbehalten
ISBN 978-3-440-17065-6

Endlich Sommerferien! Kim, Franzi und Marie freuen sich auf entspannte Tage auf dem Reiterhof. Doch dann kommt es im Stall zu einer Reihe von seltsamen Vorfällen. Wer hat es darauf abgesehen, den drei !!! die Ferien zu verderben?
Mit coolen und leicht umsetzbaren DIY-Anleitungen nach jedem Kapitel – Pferdeleckerlis backen, Türschild aus Treibholz basteln, Schlüsselanhänger nähen, Marmelade kochen und viele weitere sommerliche Kreativideen. ...

Lies doch mal rein!

diedreiausrufezeichen.de

Belauscht

»Was ist passiert?« Gefolgt von den drei !!! lief Antonia ins Freie. Franzi blinzelte. Wenn man aus dem Dunkel des Stalls kam, mussten sich die Augen erst wieder an das helle Sonnenlicht gewöhnen. Sie blinzelte erneut. Dann erkannte sie die Frau, die mitten auf dem Hof stand und die Hände in die Hüften stemmte.

Franzi konnte sich genau an Bettina Fink erinnern. Sie hatte schon immer einen eigenwilligen Geschmack gehabt – egal, ob es um Kleidung oder Meinungen ging. Frau Fink erinnerte Franzi immer etwas an eine Vogelscheuche. Sie war von Wind und Wetter gebräunt und zerzaust. Die Haare und das lilafarbene Surfershirt waren ausgeblichen und ihre dünnen Beine steckten in Stegleggins mit einem Muster, das bestimmt seit den 90er-Jahren nicht mehr in Mode war. Franzi mochte Tante Betti, wie Bettina Fink von allen genannt wurde.

»Was ist passiert?«, fragte Antonia noch im Gehen.

Tante Betti schnaubte. »Da hat schon wieder jemand Marmelade geklaut. Das ist das dritte Mal in dieser Woche. Sämtliche Gläser sind verschwunden und es wurde nichts dafür bezahlt.«

»Marmelade?«, wiederholte Marie ungläubig.

»Ja«, bestätigte Antonia. »Wir stellen die selbst gemachten Marmeladen in einem ausgedienten Hasenstall an die Landstraße. Wer ein Glas haben möchte, nimmt es sich raus und wirft dafür Geld in das Sparschwein.«

»Ein Glück, dass wir bald den Laden haben«, meinte Tante Betti. »Dann bauen wir den Stall an der Straße ab.«

Die drei !!! tauschten einen Blick. Jede wusste genau, was die beiden anderen dachten. Geklaute Marmeladengläser waren nicht wirklich ein Fall für ihr Detektivbüro, aber sie würden trotzdem die Augen offen halten.
»Heute ist ein merkwürdiger Tag«, fand Antonia.
»Es liegt etwas in der Luft«, stimmte auch Tante Betti zu. »Ich denke, es wird bald gewittern.« Sie strich sich eine widerspenstige Locke aus dem Gesicht. Dann grinste sie die Mädchen an. »Jetzt erst einmal: Herzlich willkommen! Ich hoffe, ihr könnt fest anpacken.«
»Das können wir«, bestätigte Kim.
»Super. Wisst ihr was, Mädels? Wir legen gleich los.« Tante Betti deutete auf den Laden. Dann musterte sie Marie. »Nee, erst zieht ihr euch noch etwas Vernünftiges an. Ich hole solange die Besen und einen Eimer mit grüner Seife.«

Im Gegensatz zu ihren Freundinnen trug Franzi bereits alte Jeans und Gummistiefel, aber sie war neugierig auf ihre Unterkunft. Zwar lag die ausgebaute Scheune mit den Ferienwohnungen direkt neben dem Haupthaus, aber es war trotzdem etwas Besonderes, einen abgeschlossenen Bereich ohne Erwachsene zu haben – mit eigenem Bad und Küchenzeile.
In der kleinen Dachwohnung warf Marie ihre Reisetasche auf eines der Betten und sah sich um. An der Wand hingen Bilder von Möwen. Es gab zwei Korbstühle mit blauweißen Kissen, Gardinen mit aufgedruckten Ankern und ein altes Sofa, das sehr gemütlich aussah.
Entsetzt stellte Franzi fest, dass Marie schon dabei war, das kleine Badezimmer zu besetzen. Sie stellte sämtliche Ablagen voll, bis der Raum einer Drogerie glich und auch genauso roch. Kim trat hinter Franzi ins Bad. »Also ich bin fertig. Und ihr?«

»Geht schon mal vor.« Marie stellte einen Tiegel mit Algenpaste vor sich auf. »Ich muss mich noch kurz etwas frisch machen und mein Make-up korrigieren.«
Franzi sah ihre Freundin entgeistert an. »Wir wollen einen alten Stall entrümpeln. Da wird schon kein Starfotograf um die Ecke kommen.«
»Aber vielleicht kommt dieser Rick noch mal vorbei.« Kim legte den Kopf schief. »Und Madame möchte garantiert für alle Fälle gewappnet sein.«
Rick Silber. Daran hatte Franzi gar nicht gedacht. Sie wollte lieber keinen Blick in den Spiegel werfen. Vermutlich waren ihre Haare zerzaust. Aber Franzi war nun einmal keine Modepuppe. Und für die Aktion im Stall war sie genau richtig angezogen. Sie seufzte kurz und machte sich dann mit Kim auf den Weg.

Marie brauchte lange, bis sie endlich zufrieden war. Es ging ihr dabei aber nicht nur um Rick. Der Junge sah gut aus und war charmant, aber das waren andere Jungs auch. Wenn Marie im Bad war, konnte sie den ganzen Stress hinter sich lassen. Manche Leute machten Yoga, wieder andere brauchten ein Buch zum Entspannen. Marie brauchte ihre täglichen Pflegerituale. Sie überprüfte ihre Augenbrauen im Spiegel, tuschte die Wimpern und machte sich anschließend einen aufwendigen Zopf, in den sie Stoffblumen einflocht. Als Outfit wählte sie eine alte Boyfriendjeans und eine Bluse aus Jeansstoff. Zufrieden schloss sie die Tür ab und sprang die Treppen hinab.
Aus der Wohnung *Sandburg* im Erdgeschoss drang laute Schlagermusik. »Du bist mein Herz, mein Schatzilein! Wir tanzen heut im Sonnenschein«, dröhnte ein Sänger. Die Wohnungstür des *Strandkorbs* lag direkt gegenüber. Marie sah, dass sie nur angelehnt war. Das seltsame Paar, von dem Antonia erzählt

hatte, war also zu Hause. Marie lauschte. Doch sie konnte nichts hören – nichts außer dem Sänger, der auf »Schatzilein« nun »milden Sommerwein« reimte. Marie war schon viel zu spät. Sie musste sich beeilen. Außerdem gab es hier vermutlich gar nichts zu ermitteln. Sie trat ins Freie. Da hörte sie plötzlich eine Frauenstimme. Sie konnte nicht verstehen, was sie sagte, aber es klang aufgeregt. Vorsichtig schlich Marie an der Wand der Scheune entlang. An der Ecke stand ein Regenfass. Dahinter ging sie in Deckung.

»Der Empfang ist so schlecht«, schimpfte die Frau gerade.

Marie hatte auch schon entdeckt, dass der Hof nicht gerade ein Paradies für Handybesitzer war. Aber die Frau war doch nicht deswegen so aufgebracht, oder?

»Nein!«, rief sie gerade. Dann senkte sie die Stimme etwas. »Das ist geheim. Du weißt das.« Es folgte eine längere Pause. Dann räusperte sich die Frau. »Die ganze Aktion ist ... ach, ich bin kurz davor, die Sache abzubrechen. Aber Jens wird nicht aufgeben. Er zieht das durch!« Wieder eine Pause. »Wenn dich jemand fragt: Wir sind auf Mallorca ... Ja, klar nehmen die uns das ab. Seit zwei Tagen ist hier der Sommer ausgebrochen. Ich werde schon noch braun.« Ihre Stimme brach ab. »Das ist gerade meine geringste Sorge.«

Jetzt war sich Marie sicher: Mit der Frau stimmte tatsächlich etwas nicht! Nur: Was führte das Pärchen im Schilde? Als sie ein angespanntes »Tschüss! Ich melde mich« hörte, eilte Marie so leise wie möglich davon.

Kurz darauf trat eine Frau mit einer großen Sonnenbrille im Haar hinter der Scheune hervor. Sie guckte nicht in Maries Richtung, sondern verschwand eilig im Haus.

»He, wurdest du im Bad gefangen gehalten?« Franzi kam ihrer Freundin entgegen. Ihre Wangen glühten und quer über ihr

Gesicht verlief ein Streifen Schmutz. »Wir warten seit einer Ewigkeit auf dich. Ich wollte dich gerade holen.«
»Ich habe ein Gespräch belauscht.« Marie trat näher an Franzi heran. »Dazu aber später mehr. Vielleicht gibt es hier doch einen Fall für die drei !!!.«
Franzi guckte überrascht. »Das müssen wir Kim sagen.«
»Warte noch«, hielt Marie ihre Freundin zurück. »Antonia sollte nicht dabei sein. Sie ist okay, aber wir sind nun einmal die drei !!!. Nicht die vier !!!!.«
»Also ich ...«, setzte Franzi an, doch sie kam nicht weiter.
»Helft mir mal!« Kim zerrte gerade eine widerspenstige Gartenliege aus dem Stall. Ihre Freundinnen sprangen ihr zu Hilfe. »Die soll an die Straße gestellt werden. Wir haben schon ein Schild gemacht.«
Antonia kam mit mehreren Pappen an. Darauf stand in Großbuchstaben: ZU VERSCHENKEN.
»Der Rest geht zum Sperrmüll.« Sie stupste mit dem Fuß einen ausgeblichenen Hüpfball an, der mehr an einen verschrumpelten Apfel erinnerte.
»Und meine alte Susi hier wird verkauft.« Tante Betti schob ein altes Geländemotorrad auf den Hof. Mit der Hand befreite sie es von ein paar besonders dicken Spinnweben. »Die Maschine müsste noch fahren. Aber ich habe keine Lust, damit die Umwelt zu verpesten. Vielleicht können wir sie putzen und ich mache dann ein Foto fürs Internet.«
»Hast du denn noch den Zündschlüssel?«, fragte Franzi.
»Klar«, antwortete Tante Betti. »Ich muss nur etwas wühlen. Bei mir herrscht ein gepflegtes Chaos.«
Die Mädchen teilten die Arbeit auf. Marie half Antonia mit dem Motorrad, während Franzi und Kim das Gerümpel auf den Hof und an die Straße schleppten.

»Ich komme mir vor, als würde ich auf einem Schrottplatz arbeiten.« Kim lachte.
»Ich auch!« Franzi wischte sich den Schweiß von der Stirn. »Und ich könnte jetzt auch gut einen Kirschkuchen zur Stärkung vertragen.«
Als hätte sie das gehört, kam Christine Hansen aus dem Haus. »Was haltet ihr von einer Pause? Ich habe den Tisch auf der Terrasse gedeckt.«
Die Reaktionen waren durch die Bank begeistert. Doch bevor sie Frau Hansen auf die Terrasse folgen konnten, kam ihnen das Ehepaar aus der Ferienwohnung *Strandkorb* entgegen.
»Herr und Frau Hoffmann.« Antonias Mutter lächelte. »Darf ich Sie zu einer Tasse Kaffee und selbst gebackenem Brot auf unserer Terrasse einladen?«
Frau Hoffmann schüttelte den Kopf. »Nein, wir haben es sehr eilig und müssen los.«
Der Mann lächelte freundlich zurück. »Meine Frau und ich wollen noch etwas im Dorf bummeln gehen und nachher wollen wir das kleine Fischrestaurant ausprobieren, das Sie uns empfohlen haben.« Seine Frau stand schon beim Auto und wirkte ungeduldig.
»Ottos Fischbratstube ist nicht vegan«, beschwerte sich Tante Betti, als der Wagen der Hoffmanns auf die Landstraße abbog.
»Du selbst hast dort früher in der Hauptsaison gearbeitet«, bemerkte ihre Schwester. »Aber ich verspreche dir, dass mein Kaffee und meine Marmelade absolut tierfreundlich sind.« Sie führte die kleine Gruppe auf die Terrasse, die hinter dem Wohnhaus lag. Tante Betti berichtete, dass sie seit mehreren Jahren Reitunterricht für Feriengäste anbot. »Aber keine Pferdequälerei, sondern versammeltes Reiten am losen Zügel. Bei mir sollen Pferd und Reiter ihren persönlichen Einklang finden.«

»Oooohm«, sagte Antonia leise. Franzi kicherte. Grundsätzlich stimmte sie Tante Betti aber zu. Ein Pferd war schließlich kein Sportgerät, sondern ein Lebewesen.
Während die Erwachsenen einen Kaffee tranken, gab es für die Mädchen selbst gemachte Zitronenlimonade. Außerdem hatte Frau Hansen ein rustikales Brot aufgeschnitten und selbst gemachte Marmeladen auf den Tisch gestellt. Franzi bestrich ihr Brot dick mit Himbeermarmelade und gönnte sich dann einen großen Bissen. Sie lehnte sich zurück. Das Gelb der Rapsfelder schimmerte zwischen den Büschen hindurch. Eine Möwe segelte über den wolkenlosen Himmel und zwischendurch gackerte eines der Hühner. Nur die Sache mit dem Fall ging ihr nicht aus dem Kopf. Was hatte Marie belauscht? Doch die war mitten im Gespräch mit Frau Hansen.
»Im Grunde ist es ganz leicht, Marmelade selbst zu kochen«, sagte Antonias Mutter gerade.
»Wenn man sich dabei nicht verbrennt«, fügte Tante Betti hinzu. »Für mich ist das einfach nichts. Ich verbrenne mich jedes Mal. Wenn ich flüssige Lava sehen möchte, reise ich zu einem aktiven Vulkan.«
»So gefährlich ist es jetzt auch nicht«, lenkte Frau Hansen ein. »Man muss vorsichtig sein und braucht eine gute Vorbereitung. Ich kann es euch beibringen, aber versprecht mir bitte, dass ihr das nicht allein versucht.«
Antonia schüttelte den Kopf. »Wir haben eh keine Himbeeren mehr. Die Tiefkühltruhe ist praktisch leer.«
»Ich mache morgen Großeinkauf. Dann bringe ich auch neue Etiketten zum Verzieren mit.« Tante Betti stand auf. »Und jetzt müssen wir wieder an die Arbeit! Es ist noch viel zu tun.«

Die drei !!!

Clevere Girls knacken jeden Fall

- ☐ Die Handy-Falle
- ☐ Betrug beim Casting
- ☐ Gefährlicher Chat
- ☐ Gefahr im Fitness-Studio[e]
- ☐ Tatort Paris[e]
- ☐ Skandal auf Sendung[e]
- ☐ Vorsicht Strandhaie![e]
- ☐ Skaterfieber[e]
- ☐ Im Bann des Tarots[e]
- ☐ Tanz der Hexen[e]
- ☐ Kuss-Alarm[e]
- ☐ Popstar in Not[e]
- ☐ Gefahr im Reitstall
- ☐ Spuk am See[e]
- ☐ Duell der Topmodels[e]
- ☐ Total verknallt![e]
- ☐ Gefährliche Fracht[e]
- ☐ VIP-Alarm[e]
- ☐ Teuflisches Handy[e]
- ☐ Beutejagd am Geistersee[e]
- ☐ Skandal auf der Rennbahn[e]
- ☐ Jagd im Untergrund[e]
- ☐ Undercover im Netz[e]
- ☐ Fußballstar in Gefahr[e]
- ☐ Herzklopfen![e]
- ☐ Tatort Filmset[e]
- ☐ Vampire in der Nacht[e]
- ☐ Achtung, Promihochzeit![e]
- ☐ Panik im Freizeitpark[e]
- ☐ Falsches Spiel im Internat[e]
- ☐ Betrug in den Charts[e]
- ☐ Party des Grauens[e]
- ☐ Küsse im Schnee[e]
- ☐ Brandgefährlich![e]
- ☐ Diebe in der Lagune[e]
- ☐ SOS per GPS[e]
- ☐ Mission Pferdeshow[e]
- ☐ Stylist in Gefahr[e]
- ☐ Verliebte Weihnachten[e]
- ☐ Achtung, Spionage![e]
- ☐ Im Bann des Flamenco
- ☐ Geheimnis der alten Villa[e]
- ☐ Nixensommer
- ☐ Skandal im Café Lomo!
- ☐ Tatort Geisterhaus[e]
- ☐ Filmstar in Gefahr[e]
- ☐ Unter Verdacht[e]
- ☐ Die Maske der Königin[e]
- ☐ Skandal auf dem Laufsteg[e]
- ☐ Freundinnen in Gefahr[e]
- ☐ Krimi-Dinner[e]
- ☐ Das rote Phantom
- ☐ Hochzeitsfieber!
- ☐ Klappe und Action!
- ☐ Wildpferd in Gefahr
- ☐ Geheimnis im Düstermoor[e]
- ☐ Tatort Kreuzfahrt
- ☐ Gorilla in Not[e]
- ☐ Das geheime Parfüm
- ☐ Liebes-Chaos!
- ☐ Der Fall Dornröschen
- ☐ Spuk am Himmel
- ☐ Flammen in der Nacht
- ☐ Der Graffiti-Code
- ☐ Heuler in Not
- ☐ Tanz der Herzen[e]
- ☐ Tatort Geisterbahn
- ☐ Gefahr im Netz
- ☐ Nacht der Wölfe
- ☐ Gefährliches Spiel
- ☐ Gefahr in den Ruinen
- ☐ Kuss der Meerjungfrau
- ☐ Legende der Einhörner
- ☐ Rätsel der Vergangenheit
- ☐ Tatort Hollywood
- ☐ #Falscher Ruhm
- ☐ Achtung, Gaunerzeichen!
- ☐ Das Bienengeheimnis
- ☐ Vier Pfoten in Gefahr
- ☐ Ein echt schöner Fall
- ☐ Geheimnis im Spukhotel
- ☐ Das Konfetti-Komplott
- ☐ Voller Einsatz für die Erde
- ☐ Luftballon-Küsse
- ☐ Ein Fall mit Herz und Huf
- ☐ Rätselhafter Raub
- ☐ Geheimnisvoller Liebestrank
- ☐ Die Krimi-Verschwörung
- ☐ Der Fluch der Fee
- ☐ Mission Gipfelglück

diedreiausrufezeichen.de